U0095731

科学流星花系列

古怪世界

——动植物的家园和生态环境全揭秘

[英]罗西·麦克康米克　著

贺白丹　译

上海科技教育出版社

Shooting Stars:Science:
By
Rosie McCormick and Robert Roland
Copyright © Chrysalis Children's Books 2001
Text Copyright © Rosie McCormick and Robert Roland 2001
Illustration Copyright © Woody 2001
First published in Great Britain in 2001 by Chrysalis Children's Books Limited, a member of Chrysalis Books Group Plc, The Chrysalis Building, Bramley Road, London W106sp, UK
Chinese (Simplified Characters) Trade Paperback Copyright © 2006
By Shanghai Scientific & Technological Education Publishing House
ALL RIGHTS RESERVED
上海科技教育出版社业经 Chrysalis Children's Books Limited,
授权取得本书中文简体字版版权

目录

致亲爱的读者

你有没有试过放下手中的活儿，停下来思考一下我们的地球是什么样子的呢？难道它看上去哪儿都是一样的吗？这个问题的答案是——是，又不是（我说“不是”指的是地球看上去当然不是哪儿都一样的，我说“是”是指你自然会花时间去想一下我们人类居住的星球到底是什么样子的）。我们居住在一个多样化的星球上，有数不清的沙漠、高山、平原和森林。以上所说的每种地理环境都被称为一种生态环境。

和我们一起分享这个地球的动植物跟它们居住的环境一样千奇百怪。它们的外貌、体形和生活习惯与它们居住的环境有联系吗？这次的答案是——“是”。不过你早就知道了，对吗？

好吧，显然你已经知道了不少有关动植物生存环境的知识，但是如果你想知道得更多，请试着翻翻这本书吧。本书包罗了各种不同的生态环境，以及生活在其间的千姿百态的动植物的特点。

简介

一个适合居住的环境应提供三样东西——食物、水和安全的繁殖场所，这是生命体在地球上得以存活的三大要素。一个大的生态环境可细分为许多小的生态环境，它可以是一棵树、一块岩石旮旯、一条河——或其他任何事物。实际上，一个小的生态环境就是为某一特定种类的动植物提供生存所需的场所。

发现不同的生态环境的最好的方法就是背上背包，开始环球旅行。但是，你可能还太小，不能够独自去太远的地方旅行（或者是没钱付酒店住宿费），那么，告诉你另外一个简单却很有效的方法，那就是仔细观察你的房子周围、你家的小花园和附近的公园，看看你周围的小的生态环境是什么样子的。

记得，玩得开心点哟！

我住在一个免费提供一日三餐，拥有舒适的沙发、电视机和游戏机的环境中。

根据动植物、气候和地貌的不同，可以将地球分为几大地理环境，或者说是生态环境。这听上去有些复杂，其实很简单。

看看边上的这幅地图。它标明了全世界不同的生态环境。比如说，它标明了针叶林位于地球上比较寒冷的北边，针叶林和驯鹿都在那儿生长。生活在这种环境里的动植物已经学会了如何在寒冷的森林里生存。但是，不能够因为这些动植物生活在同一种生态环境里，就认为它们的习性是相近的。每一种动物或植物都有自己独特的生存本领。现在，让我们继续探索地球上其他的生态环境吧。

寒带地区

寒带环绕着北冰洋，接近北极，是一个天寒地冻、寸草不生的地方。它覆盖了北美洲、欧洲和亚洲的北方地区。寒带几乎全年都在冰封之中，仅有极少数动植物可以在那里生存。

夏季的鲜花

在夏天，当冰雪融化的时候，寒带地区就变成了一片沼泽地，这是野鸭、鸿雁等候鸟理想的居所。野花、苔藓、灌木、地衣(藻类的一种)和菌类都在夏季生长。成群的驯鹿迁徙到这里生活，并在此生养它们的下一代。

雷鸟已经适应了寒带的生活。它的脚上也覆盖着一层羽毛，这能够帮助它们保暖，就像穿上了羊毛袜一样。

译者注：原文如此。国外的分类标准与我国略有不同。下同)

针叶林

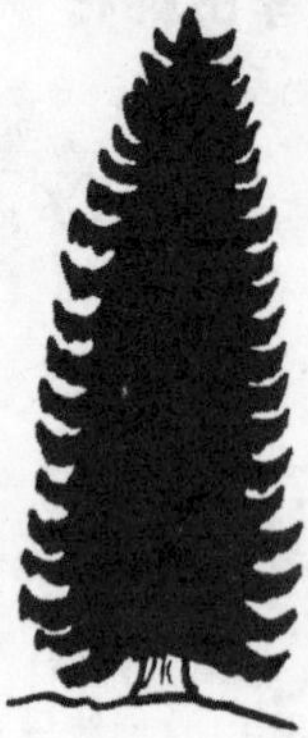

针叶林是由杉树、松树和枞树等树木构成的。这些树木多数终年常绿，有的冬季落叶。针叶林分布在北美洲、欧洲和亚洲的最北边。这些地带只有短暂的夏季，却拥有漫长、寒冷的冬季。

准备过冬

鸟类中的隼和猫头鹰，哺乳动物中的熊和驯鹿，在这里居住。驯鹿厚厚的毛皮能帮助它们御寒。黑熊在最冷的几个月里会进入冬眠。它们在夏天和秋天吃了大量的食物，使自己的体重几乎翻了一倍。当寒冷的冬季来临的时候，它会一直呆在洞穴里睡觉，直到来年春天。它体内多余的脂肪正好帮它熬过漫长的冬季。

两只老鼠外出散步。其中一只掉进河里，另外一只会怎么办呢？
它会做人工呼吸嘛。

三角形的树

你有没有注意到，许多针叶树木都呈三角形，这是为什么呢？嗯，这可是一个聪明的设计哦：每当下大雪的时候，积雪就会从它们的枝头不断地往下滑落，这样，厚重的积雪就不会压断树枝了。

落叶林

落叶林由高大的阔叶树木，如山毛榉、枫树和橡树组成。这些树林分布在冬季湿润多雨，夏季温暖干燥的地方。落叶树的树叶在秋天会凋零，随着春天的到来，又会长出新的树叶。落叶林分布在北美洲、欧洲中部、亚洲东部和澳大利亚。

鸟类、兔子、鹿、狐狸、蜘蛛和各种各样的昆虫都生活在这里。为了以防万一，怕你不知道，我不得不多一句嘴——这也是适宜我们人类居住的一种生态环境。

哇噻！沙漠里可真热啊

以岩石和沙子构成的沙漠覆盖了地球表面五分之一的面积。许多沙漠一年中的大部分时间持续着38℃的高温。世界上最大的沙漠——撒哈拉沙漠，在非洲。另外两个大沙漠——戈壁沙漠和阿拉伯沙漠，都在亚洲。

看上去要下雨了

因为沙漠里的降水非常稀少，生活在那儿的动物和植物都得想办法贮存水分，以维持生命。沙漠里的植物包括仙人掌、丝兰，都长有长长的根须，以便寻找水源。

北非沙鼠从来不喝水。它从食用的种子中获取自身所需的全部水分。

广阔的热带大草原

热带草原是非常广阔的绿色平原。它们分布在非洲部分地区和南美洲地区。为了寻找可以作为食物的动植物，以及可提供饮水的洼地，成群结队的野生动物在草原上漫步。狮子、羚羊和斑马都生活在非洲的热带草原上。

世界上跑得最快的动物——猎豹，生活在非洲的热带草原。猎豹最快的奔跑速度可以高达每小时110千米。

奇妙的热带雨林

热带雨林分布在赤道周围，那里的气候全年温暖潮湿。热带雨林是许多动植物的家园，它拥有世界上最丰富的生物种类。美洲的中部和南部，非洲的中部和西部，东南亚，太平洋上的岛屿和澳大利亚的一小部分包揽了全球的热带雨林。

在热带雨林中，树木长得非常茂密。

如果让一只蜈蚣和一只鹦鹉杂交会得到什么？
一个能边走边说的对讲机。

鸟类的避难所

居住在南美洲热带雨林中的鸟类比其他任何地方的都要多。大多数鸟儿住在高高的树冠上面，那里有丰富的食物。犀鸟靠水果和浆果为生，它巨大的喙能够帮助它从犄角旮旯里找出食物。

温带草原

北美洲、南美洲、非洲南部、俄罗斯南部和亚洲、欧洲的部分地区有许多草原。因为草原地区土壤肥沃，降雨充沛，所以常常被用来种植喂养牲畜的粮食作物，如大麦、燕麦和小麦。

兔子生活在草原上，草原为它们提供了充足的食物。它们在松软的土地上四处掘洞安家，把草原开发成了一个巨大的养兔场。

高山

高山地区环境非常恶劣。高山上空气稀薄，加上土壤贫瘠，许多山脉被终年不化的积雪所覆盖，因此没有几种动物能够在那里生存。但是，也有少数动植物极其适应高山地区的生存环境。例如，阿尔卑斯侏儒草，它紧贴着地面生长，这样可以避免被风刮倒；一些猛禽（如灰背隼和高山兔）也都在高山上安家。

高山兔非常适应寒冷的高山气候。它的小耳朵有助于减少热量的散发。冬天，它的皮毛还会变厚变白。

温带雨林

温带雨林有雨季和旱季之分，这里生活着丰富多样的动植物。温带雨林里既有落叶林，也有针叶林。这些树林分布在中美洲和南美洲，非洲南部，印度，中国东部和澳大利亚的北部。

世界上最大的蚂蚁是什么？巨蚁。

大熊猫生活在中国的竹林中。它们每天要花上大半天的时间来吃竹子。大熊猫的爪子上有一块肉垫以帮助它们握紧竹子。

灌木林

灌木林是由厚厚的灌木和矮小的树木(如石兰和胭脂栎)组成。灌木林地带通常夏季炎热，冬季寒冷潮湿。灌木林主要分布在美洲的西北部、南欧、中东、南美洲、非洲和澳大利亚。家畜(如山羊、绵羊和牛)通常是在灌木林地带养殖的。

牛和羊非常适应在灌木林中生活。它们常常成群结队地穿过灌木林，以小灌木和青草为食。

海底世界

海洋里居住着五花八门的动物和植物。有的在寒冷的水域里生活，有的则需要在温暖的水域中生存。有的动物靠植物为生，而有的动物则是捕猎高手。但是，不管怎样，它们都能适应某一特定的水下环境。

什么布能穿越大洋？
哥伦布。

鱼类非常完美地适应了水里的生活。它们的体形和鱼鳍使它们在水里一边游动一边保持平衡。它们拥有特殊的感官，即便距离很远也能帮助它们找到食物。

企鹅既能在陆地上生活，又能在水里生活。企鹅的皮下长有一层叫做鲸脂的脂肪，它们就是靠着鲸脂和绒毛在严寒的气候中保暖。企鹅用脚和翅膀在结冰的地面上一步一挪，但在水里它们可是迅捷的游泳健将，时速可高达 32 千米。它们游泳的时候，每隔 15 秒钟就需要游到水面上来透透气。

食物链

食物链说明了植物和动物是如何获得其生存所需要的营养的。能量在食物链中的每一个环节都会被传送到下一个环节。

在食物链的起点,植物吸收和储存太阳中的能量并生成自己的食物(见下图)。因为它们有这个能力,因此科学家们把植物叫做生产者。食草动物靠吃植物为生,这样植物的能量就被传送到了食草动物身上(食草动物叫做消费者)。随着食肉动物吃掉食草动物,能量又再一次地被传送到了食肉动物身上(食肉动物又叫做捕食者)。

光合作用

植物利用二氧化碳(空气中的一种气体)和水(从土壤中汲取)来生产自己的食物。这两种物质加上阳光中的能量可以制造出一种名叫葡萄糖的物质,植物靠它来维持生命和生长。植物合成葡萄糖的这个过程就叫做光合作用。

在光合作用的过程中,植物会产生一种名叫氧气的气体。这种气体至关重要,因为所有的生物体都要靠呼吸氧气来维持生命。

看不见的劳动者

所有的生物都会死亡。当它们死亡后，当初被它们当作食物吸收进体内的物质都会作为有机废物回归到土壤中。微生物(被称为分解者)靠尸体和腐食为食。分解者包括细菌、真菌和某些分解自然界的生存废物的昆虫。废物中有用的部分会被重新释放到土壤、空气和水中。

牛的哪个部分老是跟你在一起？
牛皮

在分解的过程中，会释放出一种名叫二氧化碳的气体。没有二氧化碳的话，植物就会死亡。所以，一想到这一点，分解者还真是挺重要的呢。

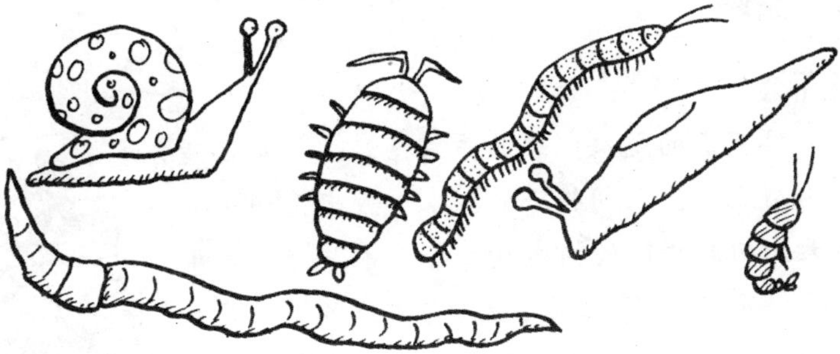

坏家伙

有些微生物是有害的。某些细菌，叫做病菌，能引发疾病。如果你在着凉或者感冒的时候打了一个喷嚏，微生物就会附在细小的水珠上传播到空气中。如果有人吸进了这种小水珠，他们也可能会生病！

林中漫步

在温带落叶林里，如同在其他生态环境中一样，气候、土壤、营养以及水量决定了居住在那里的动植物的种类。

仙人掌的果实是什么？
两个刺猬。

生活在最高处

森林里的最高层——树冠层，是树木的顶端，是可以接受到最多阳光的地方。正因为如此，这里能够产生丰富的食物。于是，许多鸟类、昆虫和哺乳类动物都在高高的树顶上寻找食物。

往下走

接下来的是次一级的乔木层。这一层由适合在树阴底下生长的较小的树木，或者是还未长成参天大树的年轻的树木构成。乔木层为许多生物提供了安全、隐蔽的家园。乔木层的下面是灌木层。许多鸟类和昆虫在灌木层中安居。

理想的家

紧挨在森林地表层上方的是草本层。这里生长着蕨、草和花一类的植物。森林中的动物，如梅花鹿、啮齿类动物、狐狸和在低处筑巢的鸟类都爱在草本层里营造自己的家园。

地表层

地表层是由青苔、藻类、落叶、动物的排泄物以及动物尸体构成的。数以百万计的生命形态，如蚯蚓、昆虫、蜘蛛、真菌和细菌，大多在这些“废物”中生存，分解并释放它们重回土壤。

树冠层
乔木层
灌木层
草本层
地表层

独特的栖息地

海滩是个神奇的地方。它既不完全是陆地也不完全是海洋，它是一个介乎于这两者之间的世界。于是，不管在哪一处海滩，你都会发现各式各样奇怪的海洋生物。许多生物都不得不学会如何同时在有水或无水的条件下生存。

猩猩的宝宝睡在哪里？
杏(猩)树上。

沙滩上的动植物居住在或深或浅的沙滩表面或里面，那儿能够为它们提供生存所需的阳光、空气和营养。

浪溅带可以发现海鸥和帽贝。

螃蟹和虾在高海岸带中的岩石间生活。

竹蛏和海草紧附在中海岸带的岩石上。

低海岸带几乎全天都是湿的。水母和小鱼混在水草中生活。

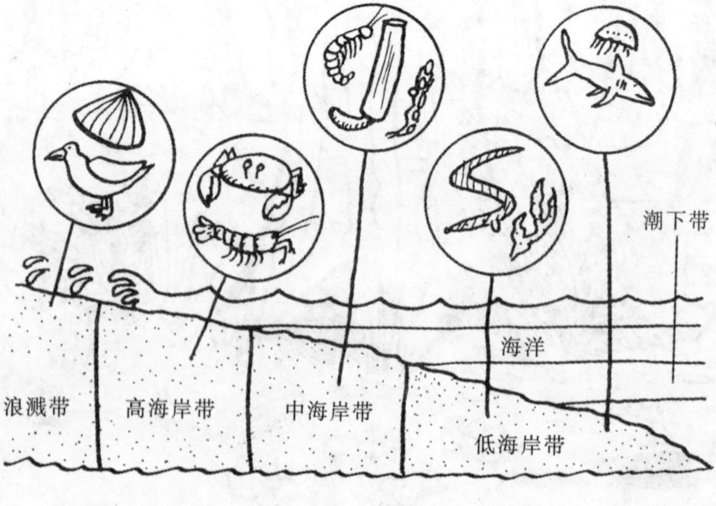

海边的游客

有的动物一年四季都在海岸上生活，有的则是在一年中的不同时段到海边小住。例如，冬天里有些海鸟离开它们寒冷的家园飞往气候温暖的海边。当春天和夏天来临时，大量住在海岸上的动物又回到食物比较充足的原来的家园繁殖后代。

不断变化的环境

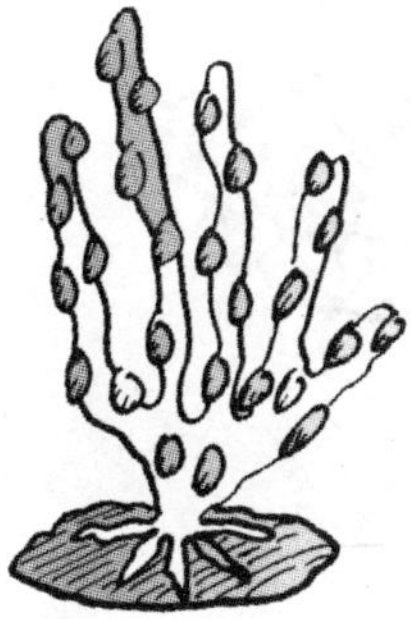

就像在陆地上一样，生长在岸上和水里的植物利用太阳的能量生产自己所需的食物。海草和一种叫做地衣的植物沿着海岸线，在沙滩表面的岩石顶部生长。它们有着顽强的生命力。为了在这不断变化的环境中生存下来，它们有的长有长长的根须，有的紧贴着地面生长。

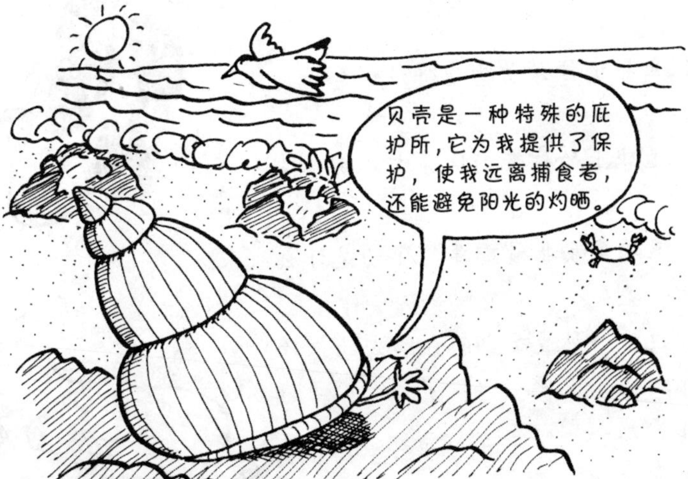

小测验

为了保证你集中精神看这本书，这里有个小测验，目的是测试一下你的记忆力。

1. 一个适合居住的环境必须提供哪三样东西？

2. 终年居住在寒带地区的鸟叫什么名字？

a) 雷鸟

b) 鹦鹉

c) 黑山鸟

3. 你在哪儿能找到世界上最大的沙漠？

a) 非洲

b) 法国

c) 印度

4. 世界上什么动物跑得最快？

5. 地球上的热带雨林分布在哪些地方？

6. 食草类动物最重要的食物是什么？

7. 说出一种最重要的分解者的名称。

a) 蛔虫

b) 猪

c) 黄蜂

8. 森林里最高的一层被称作什么?

9. 地衣是什么?

a) 一种植物

b) 一种动物

c) 一种蔬菜

10. 沙漠地鼠生活在哪儿?

a) 寒带

b) 撒哈拉沙漠

c) 亚马孙森林

11. 黑熊如何准备过冬?

12. 哪种珍稀动物在中国的竹林里面生活?

13. 什么是小的生态环境?

14. 谁是生产者?

a) 制作电影的人

b) 植物

c) 食肉动物

答案

1. 食物、水和哺育幼体的安全地点 2. a 3. a 4. 猎豹 5. 赤道附近 6. 植物 7. a 8. 树冠层 9. a 10. b 11. 它在秋天吃大量的食物,帮助自己熬过几个月的严冬 12. 大熊猫 13. 小生态环境可以是任何东西——一条河、石头旮旯或者是一棵树 14. b

故事：克莱尔的海滨之旅

下雨了。雨点不断地滴落在窗户的玻璃上，发出叭哒、叭哒的响声。克莱尔正在使劲地把一个小箱子合上。这已经是她第三次整理行李了。每一次她不是往里添点，就是往外拿点自己认为派得上用场的东西。

克莱尔将要参加一次学校组织的旅行。要痛痛快快地玩三天，而且她已经被告知，是去海边。克莱尔以前从来没有去过海边——除了有一次在大冬天，和西蒙斯爷爷在寒冷的满地是鹅卵石的海滩上呆过一天。寒冷并且刮着大风的天气阻止了他们靠近海边。

克莱尔又整理了一遍行李，这已经是第四次了，最后，她确信自己应该可以在没有德斯蒙得恐龙和汤米乌龟的陪伴下生活三天。于是她把心爱的绒毛玩具放回到床上，合上箱子，轻松地舒了一口气。

“我准备好了，妈妈。”克莱尔一边费力地把箱子拖下楼一边喊道。

“哎，终于好了。”克莱尔的妈妈一边说，一边把头从厨房的门里探出来，“我给你做了一些三明治，还带了一瓶橙汁和一块巧克力。现在我们得赶紧走，不然你就赶不上校车了。”

她们是最后一个到达的。一大群小孩和家长们已经在一辆停在学校门口的浅绿色的大巴旁排队了。普莱斯顿先生，克莱尔的老师，正在大声地叫着他们的名字，一个一个地核对花名册。克莱尔和妈妈排在队伍的最后面，等着点名。

“克莱尔·费兹西蒙斯，”普莱斯顿先生喊道，“现在，跟妈妈说再见吧。把你的箱子给我，上车找个座位坐下。我们已经晚了30分钟了，现在还没有开始放置行李呢！”

克莱尔给了妈妈一个深深的拥抱，亲了亲她的脸颊，然后背起背包，拎着饭盒，爬上大巴开始寻找座位。她看见亨利·罗宾逊的旁边空着一个位子。起先，她的朋友简和雷切尔曾试图在她们的座位后面给她留一个位子，但是因为她迟到了，最好的座位已经被别人占了。

小知识

水是地球上生命体最重要的组成部分。所有的生命形式在各个方面都要依赖水。水占人体体重的70%。

克莱尔以前和亨利是同桌。她常常因为在课堂上讲话而被点名批评，因此，最后被安排坐在安静而又聪明的亨利旁边。看来，别无选择，她只能将就着坐在他边上，直到他们到达海滨城市为止。

克莱尔看到普莱斯顿先生和其他三位老师——米切尔先生、胡格小姐和威默特太太把孩子们的行李放进大巴底部的行李厢。当四位累得够呛的老师坐到座位上以后，他们终于可以起程了。隔着被雨水溅湿的窗户，3班的同学拼命地朝窗外挥手，绿色的大巴渐渐地驶出校门朝高速公路前进。不出三小时，他们就能到达海边。

小知识

海水是咸的，那是因为雨水把矿物盐从土地里冲走，流进河流汇入了大海。

路上的时间过得很快。孩子们用唱歌、玩游戏和大吃特吃各种各样的零食来打发时间。克莱尔玩得最开心，亨利偶尔也会参加游戏，但他总是一下子就猜出了答案，所以当他不跟大家一起玩了，转而把兴趣放在一本名叫《发现海岸》的书上时，所有的孩子都松了一口气。

稍后，当雨刚刚停下，大巴转进了一条长长的、泥泞的小巷。在小巷的终点，一个大大的、红色的标志牌上写着“美景旅馆”。孩子们一看到这个标志就欢呼了起来，目的地到了。

美景旅馆看起来就像一家高山旅馆，它有许多小小的窗户和一个坡形的屋顶。窗台上的花盆里全部种满了报春花和天竺葵，以此来装点这栋房子的正面。房子的四周全是草地，牛羊在草地上吃草。远处，不到一千米，就是闪闪发光、微微发蓝的大海。

小知识

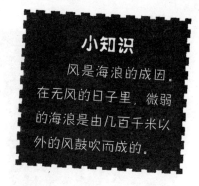

风是海浪的成因。在无风的日子里，微弱的海浪是由几百千米以外的风鼓吹而成的。

孩子们收起自己携带的物品，一个接一个地下车。“3班的同学请排好队，”普莱斯顿先生吼道，因为孩子们开始往四面八方散开，“米切尔先生会和你们呆在一起，我得去告诉旅馆的员工我们到了。”

孩子们终于被带到了各自的房间里。女孩子们和胡格小姐、威默特太太住在一间，男孩子们和普莱斯顿先生、米切尔先生住另一间房。3班的同学刚放下行李就被带到楼下的餐厅。午餐已经准备好了。孩子们把香肠、土豆泥和烤豆子塞满了一肚子，然后还吃了苹果派和冰淇淋。饭后，为了尽早开始探险，他们专心地听普莱斯顿先生的讲话。

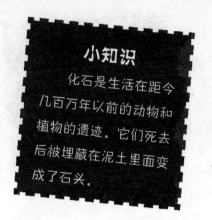

> **小知识**
>
> 化石是生活在距今几百万年以前的动物和植物的遗迹。它们死去后被埋藏在泥土里面变成了石头。

"孩子们，现在我希望你们听好。我们准备把你们分成四个活动小组。每一个活动小组会用一种颜色来识别，你们要一直和小组其他成员呆在一起，直到我们星期天离开这里为止。我们已经为你们安排了各种各样的活动。你们将会有机会到海边拾贝壳和看鸟，还会在一位旅馆派来的专家的带领下考察岩石池，寻找化石。我们还会安排你们在大自然中散步，以及在海滩上自由活动。这样，你们就可以像小怪物一样到处乱跑。我知道你们都会那样的。"

孩子们听到这些都很高兴。这些活动听起来比沉闷的课堂教学有趣多了。他们很快就分好了组。克莱尔发现自己又一次与亨利为伴，但是这一次好朋友简也和她呆在一块儿。他们是黄色小组，要和普莱斯顿先生以及旅馆派来的罗斯小姐一起前往岩石池探险。

没有耽搁一点儿时间，罗斯小姐带领黄色小组，沿着从旅馆旁边延伸出的一条小路，穿越了一大片田地，直奔海边。他们一到海滩，就被命令坐下。

“嗨，孩子们，”罗斯小姐说，“我希望在接下来的几天里你们玩得愉快。我还希望你们了解一点儿有关海岸的知识。”

“现在，在我向你们介绍住在这个岩石池里的特别的动物朋友和植物朋友之前，我想要和你们分享一些海岸的知识。”

小知识

海水里包含了普通盐和其他十余种矿物盐，它们对生活在海洋里的动物和植物非常重要。

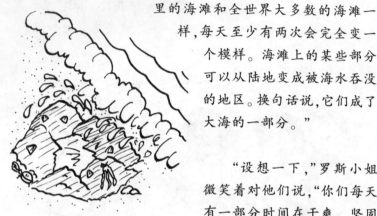

“可能你们以前没有认识到地球上的海岸是多么奇妙。这奇妙之处在于它们是陆地与海洋交汇的地方。这儿,地球的海岸上,还是很多不寻常的植物和动物的家园。这些奇特的生命形式已经学会了在这样一种独一无二的环境中生存。你看,这里的海滩和全世界大多数的海滩一样,每天至少有两次会完全变一个模样。海滩上的某些部分可以从陆地变成被海水吞没的地区。换句话说,它们成了大海的一部分。”

“设想一下,”罗斯小姐微笑着对他们说,“你们每天有一部分时间在干爽、坚固的地面上。但是,每天有好几次,你们家突然灌满了水!”

孩子们笑了。他们努力地想象在一间从地板到天花板之间灌满了水的房间里面看电视、打游戏机或者是睡觉。

“现在,有谁能告诉我为什么海滩的水位会有变化呢?”罗斯小姐问。

一只手举了起来。理所当然地,那是亨利的手。

“你说。”罗斯小姐一边说一边指向亨利。

小知识

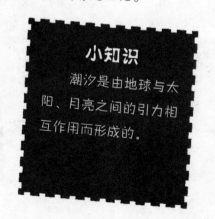

潮汐是由地球与太阳、月亮之间的引力相互作用而形成的。

“那是因为一天中会有几次潮汐，潮汐使得靠近海岸的水位涨高了。当潮汐退下以后，海水又沿着海岸退了回去，留下一块陆地。”

小知识

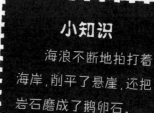

海浪不断地拍打着海岸，削平了悬崖，还把岩石磨成了鹅卵石。

“完全正确。好极了。”罗斯小姐说，“潮汐使海水有规律地上涨和下落。你们看，潮汐现在开始涨上来了。”

“还有，海岸上的植物和动物不仅有一部分时间要在盐水里生存，它们还要和非常强劲的海风以及汹涌的海浪作斗争。”罗斯小姐说道。

“这还不是全部。地球上海岸的形状不断地在变化。距今100年以前，这个海岸看起来和今天所见的不完全一样。这是因为盐水、海浪、潮汐的运动以及强烈的海风在不停地改变着海岸的大小和形状。”

“好了。现在，我想是时候向你们介绍我的一些动物和植物朋友了。它们住在这里，这个岩石池里。”罗斯小姐用手指着在她身后的一大堆岩石接着说道，“它们中有的体形、颜色、身体的某些部位或者质地都很特别。那是因为长期以来，它们的身体已经发生了变化，或者说适应了这种环境。在这个世界上绝大部分的动植物几乎无法生活的地方，它们却学会了怎样生存下来。”

小知识

海星的手臂非常强壮，它们可以撕开贝类坚硬的外壳。如果海星在逃避捕食者的时候弄断了一两条手臂，没问题，不久它们会重新长出来的。

罗斯小姐要求黄色小组走向岩石池：位于中央的岩石堆中间有一个大坑，这就是最大的岩石池。坑里有的地方还积着一些盐水。一种克莱尔以前从未见过的贝壳牢牢地吸附在岩石上，四周还长有模样怪怪的羸弱的小草。在岩石池里面，克莱尔看见了一只螃蟹、一条小鱼和一个她认为是海星的东西。

“你们看到的草叫做海草。”罗斯小姐解释道。“这里有不同的种类。这个是海生菜，这个是海带，还有这个叫泡叶藻。”罗斯小姐边说边指给他们看。

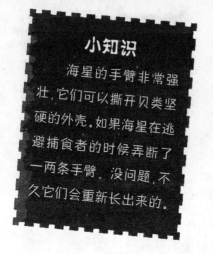

“海草不像陆地上的植物那样长有根系，而是紧紧地攀住岩石的边缘。不管是在有水或者没水的地方，海草都可以为海洋生物，比如说螃蟹、鱼或者软体动物提供躲避太阳的阴凉场所。它就和陆地上的树木一样，具有遮阳功能。”

“现在，我们来看这些贝壳。许多住在贝壳里的动物被称作软体动物。软体动物有柔软的身体和一只用来移动的大脚。这些海螺、峨螺和帽贝都是软体动物。你们见到的这条小鱼是一条鲇鱼。这是一只常见的海星，还有，那是一只天鹅蟹。”

黄色小组接下来花了两个小时的时间研究岩石池。最后，当晚上的潮水开始向他们涌过来的时候，普莱斯顿先生把他们召集起来，由罗斯小姐带领他们回到了旅馆。

第二天阳光明媚。孩子们急于想知道老师为他们准备了什么早餐，再加上被一股烧得滋滋作响的火腿的香味引诱着，他们飞快地冲进了餐厅。

克莱尔把每个人都逗笑了，因为她告诉他们，她梦到一个巨大的寄生蟹家庭搬到了她家的隔壁。

小知识

世界上有超过 10 万种不同种类的软体动物。它们是第二大类的无脊椎动物（背上没有长脊椎的生物）。

“老实说，那是个美梦，它就像真的一样。”克莱尔含混不清地说道，她的嘴里塞满了烤面包。

“我梦到赫尔曼，它是寄居蟹家庭中最年轻的成员，与我成了最要好的朋友，而且我们在班上是同桌。它请我到它家喝茶。但它们家没有厨房，而是用一个巨大的岩石池代替的。猜猜发生了什么事情？它妈妈把海螺裹着棕色泡叶藻递给我们，就像一个岩石池的三明治，我喜欢它们。”克莱尔噎住了。

小知识

海胆用它们下端的五个坚硬的牙齿把食物从岩石上刮下来。

“呀，多恶心。”雷切尔和简一起尖叫起来。

虽然早餐花了一些时间，但是孩子们最终还是作好了加入活动小组去进行新的探险的准备。黄色小组准备去观鸟和拾贝。午餐过后，他们将要进行一次野外散步。旅馆指派的罗宾逊先生是他们今天的向导。

午餐便当分派完后，黄色小组就跟在罗宾逊先生后面，沿着他们昨天走过的那条小路前进。

罗宾逊先生个头很高腿也很长，孩子们要跟上他可有点儿困难。罗宾逊先生不时地转过身来说："快跟上，不要拖拖拉拉的。那些海鸟等着见你们哪！"说完，他哈哈大笑起来，用比以前更快的速度跑在前面。

到达目的地后，罗宾逊先生对孩子们讲述了有关海鸟的一些知识。它们筑的巢就在海边高高的悬崖上。

"对于许多不同种类的海鸟来说，这地方是它们的家，"罗宾逊先生说道，"举例来说，三趾鸥的巢建在高高的岩石突起的地方。它们的巢是用自己的少许粪便将海草粘在一起做成的。"

"哇塞！"全体黄组成员一起尖叫道。

"海鸠在岩石突起的地方下一个尖角的蛋。"罗宾逊先生继续说道，"鸬鹚的巢安在悬崖的底部，只高出水面一点儿。当它们在岸上或是在水中寻找美味的食物时，海鸟会利用海风帮助它们滑翔和盘旋。悬崖、海岸和海水，为这些海鸟提供了一切生活所需。"

孩子们花了一个上午的时间画完海鸟后，就在海滩上拾贝壳、捡鹅卵石、捞海草。午餐时间到了，大家选了个阴凉的地方坐下，将堆得像小山一样高的三明治、薯片、水果、巧克力和果汁通通塞进了肚子。

午餐结束后，罗宾逊先生给黄色小组的每个成员发了一支笔和一张纸，纸上画有奇形怪状的脚印。

“现在让我解释一下我想让你们怎么做。每天，当潮汐退去的时候，海岸上的鸟儿会跑到海岸的边缘地带来寻找食物吃。它们在湿润的沙子里找小型的海洋生物和植物。当它们穿越沙地的时候，会把脚印留下。图纸上的脚印是属于你们刚才在悬崖上见过的鸟儿的——它们当中有蛎鹬、三趾鸥、海鸥、鸬鹚、苍鹭和海雀。

“现在，我想让你们做的是去四周瞧瞧，看看你们可以在沙滩上找到在这张图纸上画着的哪几种脚印，或者我应该说是爪印。一旦找到它们，就在你的图纸上画一个勾。但是，请小心点儿，潮水开始上涨了。”

黄色小组散开，开始在沙滩上寻找海鸟的脚印。克莱尔一下子就找到了一只海鸥的脚印。查理·高得文居然找到了一只像狗的脚印那么大的脚印，他急忙跑去问罗宾逊先生，什么鸟的脚有这么大。

克莱尔在一刻钟内已经找到要求寻找的六种脚印中的五种了。她下定决心要找到最后一种。克莱尔的双眼紧紧地盯着湿润的沙滩，一点儿也没有察觉到自己离小组成员们越来越远了。她甚至没有注意到海水已经在拍打她的足踝，只是坚定地埋头寻找最后一个难觅踪迹的爪印。

小知识

几千年以前，大西洋北海海域的中央有一块浅滩，是被森林覆盖的陆地。

突然间，没有任何预兆地，一个巨大的海浪冲向克莱尔，她被撞得失去了平衡，摔倒在地，呛了一口水。晕乎乎、湿漉漉的克莱尔挣扎着站起来，但随即又被涌上来的海浪掀倒。

"怎么回事？"她一边喘气一边竭尽全力站稳脚跟。

克莱尔环顾四周。她很快意识到自己刚刚是在距离海岸50米远的沙地上行走。不仅如此，海水正在涨潮，这里的水已经差不多淹到她的腰部了。远处，克莱尔看到小组成员都站在罗宾逊先生的旁边。

"啊，救命！"克莱尔大声喊道。又一个巨浪向她打来，好在这一次她已有所准备，拼命地站稳了脚跟。

"长腿先生，我需要你背我回去！"克莱尔一边高声喊叫，一边在空中挥舞着手臂。她尽力保持镇定，不被吓倒，但是，不断涌上来的海浪再次把她掀倒。四周的海水持续地涨高，她突然意识到自己的处境岌岌可危。

小知识

走路慢吞吞的海蛞蝓通常有着鲜艳的颜色，这是有毒的标志，所以要注意避开这些饥饿的捕食者。

“罗宾逊先生，罗宾逊先生，”克莱尔喊道，“快来，快来救我。我被困住了！”但是，没有人听到她的求救。克莱尔开始惊慌失措了。

正当她考虑下一步要怎么做的时候，在沙滩上站在罗宾逊先生身旁的亨利向海边眺望，看到孤零零的克莱尔正被海水包围着。

“罗宾逊先生，罗宾逊先生，看，克莱尔需要帮助。”亨利一边喊一边指向惊慌失措、浑身湿漉漉的克莱尔。

“老天！怎么搞的……”罗宾逊先生尖叫着冲向沙地。

罗宾逊先生快速趟进水中，将克莱尔从沙地里拎起来，然后把克莱尔举到他的肩膀上，趟水折回海岸。

“做你的工作有两条长腿真好。”克莱尔对罗宾逊先生说。

“这并不好笑，小鬼。”罗宾逊先生生气地说，“刚才的情形真的非常危险，我会告诉你们老师的。”

“对不起，”克莱尔歉意地说，“那真的是一场意外。我在周围闲逛，没有注意走到哪儿了。”

“好了，不管这事是怎么发生的，我还是很高兴亨利看见了你。现在，我们不得不把你送回旅馆，换掉这身湿衣服。”罗宾逊先生仍然在生气。

黄色小组的全体成员和湿漉漉的克莱尔一块儿回到旅馆。克莱尔换好衣服，吹干头发，又接受了一次严厉的批评，孩子们这才被允许回到海滩散步。这一次，克莱尔紧跟着她的同学，罗宾逊先生则紧跟着她。

“你欠我一条命，”在他们向海滩行进时，亨利对克莱尔说，“如果不是我发现了你，你可能早就被海水冲走，从此消失了。”

“我已经向你道过谢了。”克莱尔有一点儿生气地说，因为她不得不感谢亨利。

“仅仅说声谢谢是不够的，”亨利说道，“我想你至少要做我的女朋友才行。”

“你的女朋友！”克莱尔尖叫起来，“就因为你救了我一命，你就认为我应该成为你的女朋友？”

“对啊。只当到星期天，我们回家之前。”亨利回答。

克莱尔叹了口气，她真是庆幸亨利看见了她。

“好吧，亨利，我会当你的女朋友直到星期天为止。但是，下一次我被困在海里请不要救我，行吗？”

“好吧，以后我再也不会救你了。”亨利一边说一边伸手去拉克莱尔的小手。

恩斯特·海格尔

恩斯特·海格尔,1834年出生于德国。他小小年纪就对自然世界,特别是海洋生物感兴趣。他是查尔斯·达尔文的超级崇拜者,读完达尔文的《物种起源》后,他立志要探索自然世界。

在对地中海的考察过程中,海格尔发现了150种不知名的微型海洋生物,比如海绵和蠕虫。

与达尔文一样,海格尔也致力于寻找生物之间的联系。但是,和达尔文不同的是,海格尔认为植物和动物进化后,它们会变得更大或更高级(而达尔文认为,进化只是使动植物变得和以前不同了)。海格尔还认为,人类处于进化树的顶端。

1866年,海格尔为自然学说引进了一个新词。这个词就是生态。对于海格尔而言,生态学是研究所有生物和它们之间的相互联系的一门科学。

亚里士多德

亚里士多德是生活在 2000 多年前的一位非常聪明的人。因为对自然世界感到好奇，他努力研究动植物的行为，并把自己的发现记录下来。

亚里士多德相信，动物可以根据它们的特征进行归类。他把动物分成两类——有血的动物和没有血的动物。他的分类和现代的分类方法相似——脊椎动物和无脊椎动物。例如，亚里士多德划分的没有血的动物，比如昆虫，就是我们说的无脊椎动物，简单地说，就是背上没有长脊柱的动物。

亚里士多德还发现了鲸和海豚并不是鱼，蜜蜂生活在一个高度组织化的群体中，水在永不停息地作循环运动，地表上的水只是其中的一个环节。

亚里士多德意识到所有的生命形式都是紧密相联的。他的发现构建了现代科学思想的基础。

亲爱的读者：

你被生物包围着，认识它们是件很有趣的事。预先设计好你的实验，想想你需要什么？在笔记本上记录下结果，如果结果不完全符合你的期待，不要害怕，从头再做一遍。以下的简单实验是为你进入自然科学之门而设计的，通过这些小实验来仔细地观察这个世界吧。

喂鸟

在冬天食物稀少的时候，鸟类需要一点帮助。要大人帮你做一个简单的小鸟餐桌。确保把它放在一个好地方，要放在猫够不着的高处。尽你所能地不时提供一些种子、坚果、面包和蛋糕渣。放一碗干净的清水也很有帮助。把所有访问你家花园的鸟儿的种类记录下来。

你还可以帮助鸟儿搭建它们春天的鸟巢。放一些小木片和细绳在室外，然后仔细观察，看看它们是如何不翼而飞的。

改变海岸的形状

水和风在不断地改变着全球海岸的形状。做一个测试风力的小实验吧。放一小堆沙在盘子里，然后用一根管子，轻轻地对着沙子吹气。注意，你吹得越用力，那堆沙子的形状就改变得越多。

树上的生命

树是许许多多、各种各样的生物的家园。这是一个小的生态环境。在你家的花园里或者是附近的公园里挑选一棵树或者是一棵灌木，每天把它的变化记下来。留意它是怎样随着季节的变化而变化的，以及天气是如何影响这棵树和住在这棵树上的生物的。尽可能多地发现访问这棵树的动物。把它的花苞和树叶画下来，还可以把树皮做成拓片。每个季度或者是每年把你所选的树上发生的所有事情跟你的同学交谈一次。

培育真菌

自己培育真菌是很好玩的。下面将告诉你怎样做。

你需要：

- 一片面包
- 一点水
- 一个干净的保鲜袋

1. 在面包上洒点水直到它变得湿润，但也不要太湿。

2. 把面包放进保鲜袋里，牢牢封好口。

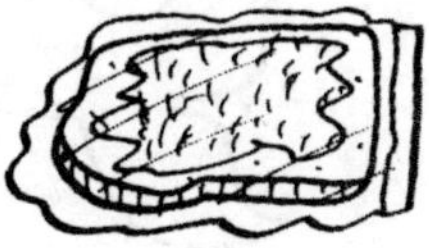

3. 把它放在一个温暖的地方，大约过三天。

4. 三天后打开袋子，你会发现面包上长有绿色的真菌。

大惊小怪

我可以看见澳大利亚

澳洲袋熊是个挖洞冠军。一个小时之内，它可以挖出一个 3 米深的地洞。

褐海带

褐海带是最大的藻类。它生长在加利福尼亚的海岸边，可长达 100 米。

嗯，好吃极了

你知道吗？巨大的蓝鲸每天要吃掉 400 万只磷虾来维持体重。

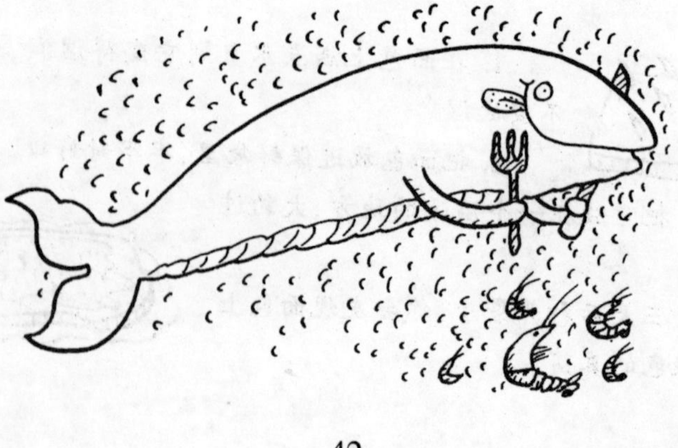

沙漠里的生命

骆驼非常适应在沙漠里生存。它们长有巨大的驼峰，里面以脂肪的形式贮存着能量，它们的眼睛长有长长的睫毛，可用来遮挡沙尘暴。如果沙子太多，它们甚至连鼻孔也可以闭合。

往南走

你知道吗？北极点是你能走得最北的地方。在那里你不管是往哪个方向走，都是在往南走。

这里结冰了！

南极是地球上最寒冷的地方。那里的温度可以低至–89°C。没有人见过南极大陆的真面目，因为它被几千米厚的冰覆盖着。

拯救森林

每隔几秒钟，一块足球场那么大的雨林就被人类永久地破坏掉了。为了开垦耕地，不少雨林被烧毁了。

水，到处都是水

地球上水的总量从来没有变过。我们今天和几百万年以前拥有的水量一样多。地球上97%的水是盐水。

海底世界

很久以前，人们认为海洋的底部是平的。但是现在我们知道了，海洋的底部有一座座比陆地上的山还要高的山脉。

冲浪者的天堂

风制造了海浪。海浪一旦形成了就能穿越几千千米的水面直到它撞到岸上为止。

懒骨头

树懒是世界上最懒的动物。它们每天大概要花20个小时吊在树上,终日无所事事。

眼见为实

绿洲是沙漠中有水的地方，而海市蜃楼则是一种视觉幻象，使你在根本没有一滴水的地方看到了水。

睡莲

亚马孙河中生长着一种王莲,它的叶子非常大,直径超过2米,上面可以坐个小孩。

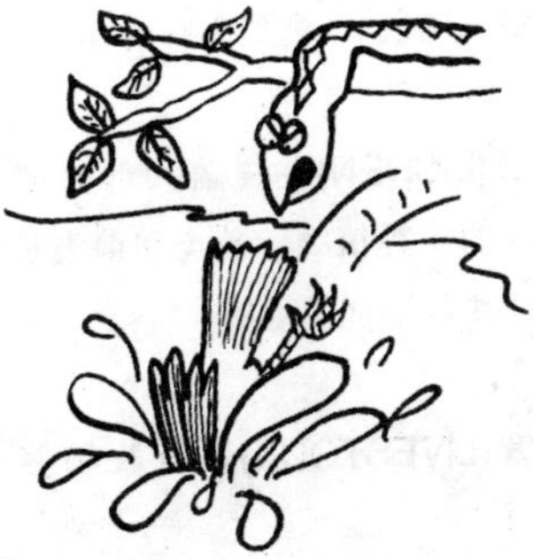

水花四溅

麝雉是一种不会飞的鸟儿。它们生活在南美洲的雨林里。麝雉的雏鸟能从树上跳进河里以躲避捕食者。

词汇表

海藻(ALGA) 一种简单的不开花的绿色植物。海草都是海藻。

细菌(BACTERIA) 非常微小的生物,人的眼睛常常看不见它们。

树冠(CANOPY) 雨林最上面的一层。

气候(CLIMATE) 一个地方的天气属性。

二氧化碳 (CARBON DIOXIDE) 组成空气的一种气体。

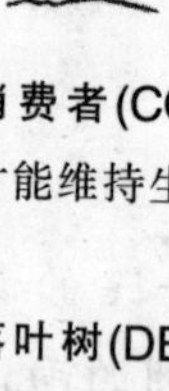

针叶树 (CONIFEROUS) 叶子形状像针或鳞片的树木，例如，松树、柏树和杉树。

消费者(CONSUMER) 需要觅食才能维持生命的生物。

落叶树(DECIDUOUS) 秋天落叶的树木。

环境(ENVIRONMENT) 植物或动物生活周围的、影响它们发展和行为的事物。

赤道(EQUATOR) 一条虚拟的线，横向地围着地球的中部。

进化(EVOLUTION) 认为所有的生物都是从几种简单的生命形式发展而来的一种学说。

葡萄糖(GLUCOSE) 一种由植物制造的单糖。

重力(GRAVITY) 地球的引力。

生态环境(HABITAT) 植物或动物居住的某一个特定的地方。

无脊椎动物 (INVERTEBRATE) 背上没有长脊柱的动物。

磷虾(KRILL) 类似小虾的动物。

地衣(LICHEN) 覆盖大部分寒带地区的一种植物。藻类和菌类长到了一块就形成了地衣。

家畜(LIVESTOCK) 畜牧场养的动物。

哺乳动物(MAMMAL) 一种恒温动物。

微生物(MICRO-ORGANISM) 一种小得肉眼看不见的生命形式。

迁徙(MIGRATE) 从一个地方搬到另一个地方。

矿物质(MINERAL) 一种从土壤里挖掘出来的无机物质。

软体动物(MOLLUSCS) 一种身体柔软的动物，大多长有一个坚硬的壳。鼻涕虫和蜗牛是软体动物。

营养(NUTRIENT) 一种为生物提供能量的物质。(食物)

氧气(OXYGEN) 空气中的一种气体。植物和动物需要呼吸氧气来维持生命。

光合作用(PHOTOSYNTHESIS) 绿色植物利用太阳的能量，以二氧化碳和水为原料制造食物的过程。

捕食者(PREDATOR) 以捕杀和食用其他动物为生的动物。

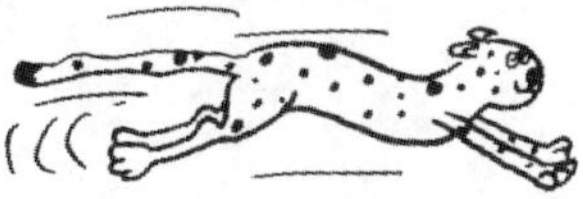

生产者(PRODUCER) 所有的绿色植物都是生产者，因为它们生产自己的食物。

繁殖(REPRODUCTION) 植物和动物产生和它们相像的下一代的过程。一个不繁殖的物种将会绝种。

啮齿动物(RODENT) 哺乳动物的一种，它们长有巨大的门牙用来啃东西。

感觉(SENSES) 听、闻、尝、看和感觉的能力。

潮下带(SUBTIDAL ZONE) 在最低层的潮水的下面。

温带 (TEMPERATE) 既不是太热，又不是太冷的地带。

脊椎动物(VERTEBRATES) 背部长有一根脊柱的动物。

科学流星花系列

奇趣自然

——动植物组成的美妙世界

[英]罗西·麦克康米克　著

贺白丹　译

目录

致亲爱的读者

你的老师是不是总是希望你无师自通地知道和动植物有关的一切知识呢？例如，它们是如何繁殖、生长、活动的？还有它们喜欢吃什么呢？（好吧，就算植物不会动，但它们的某些部位真的会动哟。在后面的内容中，你将会对这个问题有更多的了解。）

正是如此！果然不出我所料。不过，你用不着绝望，因为这本书正是特别为你编写的。"为我写的？"我听到你说什么了。是的，它确实是和我脑海中的你一起写的。它包含了许多你需要知道的基础的、或者是重要的知识点。掌握了这些以后，你的老师会认为你是这个地球上最令人惊讶的科学巨星（这可能有一点点夸张，但它绝对能够帮助你完成动植物这门学科）。既然是这样，你还在等什么呢？开始阅读吧……

简介

你知道吗？这个星球上所有的生命形式，从各种各样的动物（包括人类在内）到各种各样的植物，都是由微小的细胞构成的。“那究竟什么是细胞呢？”我听到你小声地动了动嘴唇。

好吧，我告诉你，细胞是生物的独立组成单位。它吸收能量，然后运用能量生长和生存。有的生物只由一个细胞构成，而其他的生物（比如说动物）就由数以亿计的细胞构成。所以，细胞是地球上各种生命形式的基础。

所有的生物，当然包括动物，都需要呼吸。其次，它们还需要食物，或者叫营养。它们一旦有了食物，就能拥有活动、生长和繁殖所需要的能量。最后，生物是有感觉的。它们的感觉帮助它们去反应，帮助它们在自己的世界里生存。好了，这些就是生命在地球上得以存在的要素。

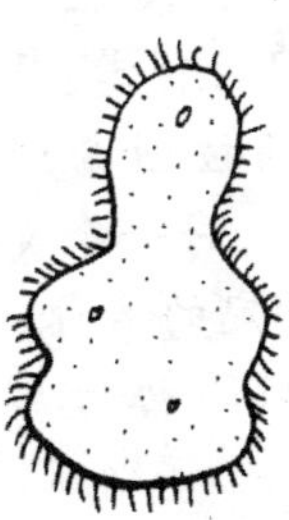

一个细胞

蠕虫（细胞不多）

你（拥有亿万个细胞！）

认识动物

因为动物(包括人类)的种类实在是太多了，所以科学家们发明了一套帮助我们更容易识别和了解动物的方法。首先，他们把所有的生物分成两大类：植物和动物。然后，他们把动物又分成两支，分别叫做脊椎动物和无脊椎动物。

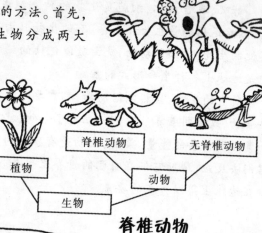

世界上有这么多的动物，我究竟要怎样才能把它们全部记住呢？

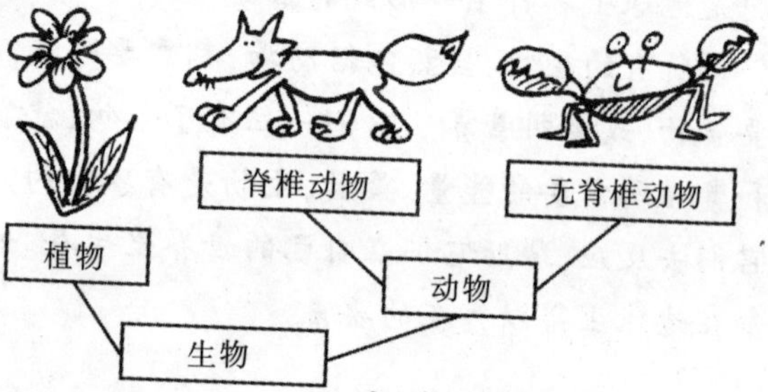
脊椎动物
无脊椎动物
植物
动物
生物

背上长有脊柱的动物叫做脊椎动物，背上没有脊柱的动物叫做无脊椎动物。无脊椎动物占所有动物种类的90%。

脊椎动物

依据形体特征将动物分成不同的种类，特征相近的动物被划分到同一个类别中。每一个类别都有一个特定的名称。属于以下类别的动物都是脊椎动物。

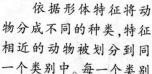

鱼类

鱼类生活在水里。它们大都长有鱼鳞，用鳃呼吸。大多数鱼长有坚硬多刺的骨骼；但是有的鱼，比如鲨鱼，则长有柔软的骨骼。

爬行类

爬行类动物也是冷血动物，但是它们身上覆盖的不是看上去黏黏的皮肤，而是代之以鳞甲。它们的脚总是从身体的侧面伸出来。乌龟和海龟都属于这个类别；蛇也是，尽管蛇并没有脚。

鸟类

你可能早就知道了……鸟类有翅膀、羽毛、两条腿和鸟喙。

一半知了加一半鸽子合在一起会得到什么？芝加哥(知加鸽)。

两栖类

两栖类动物都是冷血动物。这表示外部天气条件会影响它们的体温(如果天气热它们的体温就上升；如果天气冷它们的体温就下降。)它们的皮肤大都很薄，而且看上去有点黏黏的。你能猜猜哪些动物属于两栖类的吗？没错，青蛙和蟾蜍。

哺乳类

哺乳类动物由母兽产奶喂养自己的宝宝，就像狗妈妈和兔妈妈那样。所有的哺乳动物都是恒温的(这表示它们能够控制自己的体温)。它们用肺呼吸空气，而且背上都长有一条脊柱。想不到吧，我们人类也属于哺乳动物。

无脊椎动物

无脊椎动物的背上没有脊柱。划分到这一组的动物包括节肢动物(比如蜘蛛)、昆虫和软体动物(比如蜗牛和鼻涕虫)。

繁殖

动物已经存在了大约几百万年的时间了——植物的历史还要更长些！它们是靠着不断地自我繁殖而生存下来的。如果它们不繁殖后代，数量就会下降，以至灭绝。动物要想繁殖后代，一雄一雌必须走到一块儿进行交配。然而，动物是如何寻找合适自己的另一半的呢？不同种类的动物有着它们自己独特的和异性约会的办法。这里仅仅试举几例。

求偶

当公蟹想要吸引母蟹的时候，它会来回挥舞着它那巨大的蟹钳。

公孔雀会炫耀它华丽的羽毛。

雄座头鲸会用低沉、忧郁的嗓音“唱歌”，雌鲸在几百千米外都能感应到。

雄鹿会当着雌鹿的面互相打斗。当它们想要证明哪个最强的时候，它们的鹿角就会撞到一块儿。

交配

如果求偶成功，同一物种的雄性动物和雌性动物就会通过交配产生后代。它们是怎样做到这一点的呢？首先，雌性动物会产生一种叫做卵子的细胞，而雄性动物会产生一种叫做精子的细胞。当卵子和精子结合在一起的时候，它们的后代就产生了。

生产

把一只英国小猎犬、一只贵妇犬和一只公鸡混在一起会得到什么？
鸡犬不宁。

哺乳类的动物直接产下幼兽。鸟类、爬行类、大多数的鱼类和昆虫则是产卵。当然，凡事都会有例外。鸭嘴兽虽然身为哺乳类动物，它却是下蛋的。还有一种叫有袋类的哺乳动物，则会产下还没完全发育成熟的幼儿，幼儿再爬进它们妈妈肚子上面的育儿袋里，呆在那儿继续生长。

小袋鼠会在妈妈的育儿袋里呆到大约 8 个月大。

刚刚出生的小猪崽在喝猪妈妈的奶。

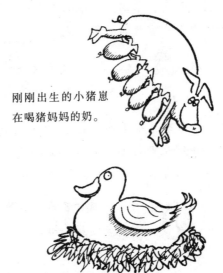

母鸭子坐在它下的蛋上面，为它们保暖直到孵化。

营养

所有的动物都需要吃东西，每一种动物都有一种自己最喜爱吃的食物。有的动物只吃植物，它们叫做食草动物。有的动物只吃肉，它们叫做食肉动物。杂食动物既吃植物也吃肉(猜猜我们是什么？)大多数动物居所的附近就有它们喜爱吃的食物。

食物链

生物的生存是互相依赖的——即便是植物也不例外，因为动物的排泄物里往往会有植物的种子，这些种子又会长成新的植物，所以，动物间接帮助了植物的生长。在食物链里，能量以食物的形式在不同的生命形态中传递。每一种生命形态都在食物链中占有重要的一席之地。

生产者是食物链的第一环。植物是生产者——它们生产自己所需的食物。

消费者紧跟生产者之后。消费者是动物。它们不能够生产自己所需的食物，所以它们必须觅食。消费者吃的是植物或者其他的动物。

捕食者是吃其他动物的动物，它们不能够生产自己所需的食物，被它们吃掉的动物叫做猎物。

大型的捕食者以小型的捕食者为食，以此类推。

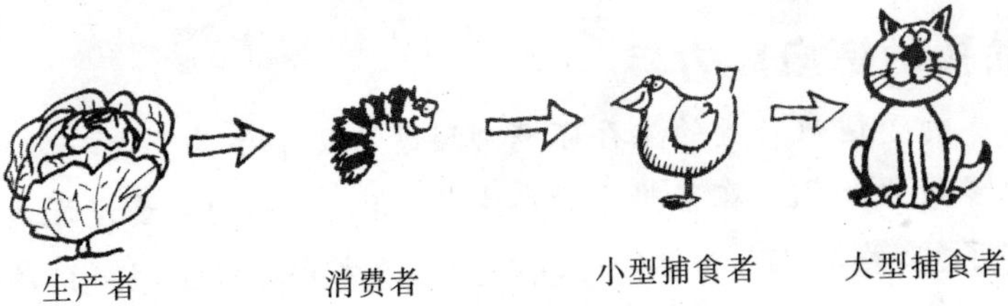

在这个食物链中，卷心菜是毛毛虫的食物，毛毛虫是画眉鸟的食物，而画眉鸟又是猫的食物。卷心菜是生产者，毛毛虫、画眉鸟和猫全都是消费者。

咬紧牙关

动物牙齿的形状与它们所吃的食物有关。如果你朝动物的嘴巴里面看看，观察它们的牙齿，就能推测出它们吃些什么。

食肉动物，比如狮子，它们口腔的前排长有锋利的牙齿(叫做犬牙)，用来戳穿或叼住所擒获的猎物；在口腔的后面，长着剪刀状的牙齿，用来撕开肉类。

食草动物，比如兔子，长有坚硬的、宽大的臼齿，用来咀嚼和磨碎植物。

啮齿动物，比如老鼠，长有尖利的门牙，无坚不摧。

鸟类长有锐利的鸟喙，可以戳穿和撕裂食物。

动物的适应能力

为了适应自身的生存环境，经过了几千年甚至上百万年，大多数生物已经在某些方面产生了变化。动物的牙齿慢慢地变尖了，为的是让它们能够吃到在它们的生存环境里找得到的食物。动物的体形、体态甚至是颜色都变化了，为的是更好地适应气候和食物源，或者是作为一种防身的手段。事实上，正是动物(和植物)已经发生和正在发生的变化，帮助它们在如此漫长的时间里得以生存下来。

鱼类适应了水里的生活。它流线型的形体和强壮有力的鱼鳍帮助它们在水里快速地游动。

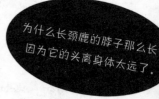

骆驼能够在干旱的地方生活是因为它们能够长途跋涉而又非常耐渴。

为什么长颈鹿的脖子那么长
因为它的头离身体太远了。

沙漠求生

生活在北美洲的袖珍更格卢鼠是动物适应性的一个典型例子。它已经学会了在严酷的沙漠环境下生存。它是怎样做到的？其实就一个窍门，它根本不用喝水，只要从自己所食

用的种子里吸收水分就行了。它的身体已经进化到可以靠这种方式生存了。它还发现，挖掘地洞能够使自己远离灼热的阳光。所以，它在这种不可思议的环境下日子反而过得挺好。

不同的栖息地

动物居住的地方叫做它们的栖息地。每一个栖息地都有它特定的气候、植物和动物。有的动物可以在几种不同的栖息地里生活，但大多数动物只适应一种最适合它们生存的栖息地。

老师：举例说出一种在北欧生长的动物。
学生：驯鹿。
老师：很好。再举一个例子。
学生：另外一头驯鹿。

迁徙中的动物

当天气变冷，食物稀少的时候，有的动物干脆就呼呼大睡，花上好几个月的时间进行冬眠。也有的动物会转移到暖和一点、食物充足的地方，这就叫做迁徙。

鸟类能够作长途旅行，在冬天它们总是往南飞。野鸭、鹅和燕子从秋天开始迁徙。它们白天以太阳，晚上以星星和月亮作为参照物，这样就不会迷路了。

认识植物

现在,我们来了解植物。我们先前已经认识了植物与动物共同的特性了。现在,我们来观察它们的不同点。虽然植物和动物都是由细胞组成的,但植物的细胞和动物的细胞不一样。植物的细胞是专门为它们生产食物所设计的。也就是说,植物能够生产自己所需要的全部食物。它不需要四处觅食也不需要开车去超市购物。它本身就是一个小小的食品加工厂(我稍后会详细地解释它们是怎样做到这一点的。)

接下来的一点,大概也是最重要的一点,离开了植物,动物也无法在这个星球上生存。这不仅仅因为植物是所有动物重要的食物来源,更因为植物还能够提供所有生物呼吸所需要的氧气。

植物的种类

要记住不同植物的种类,不像要记住不同动物的种类那么困难,那是因为所有的植物无非是属于两大类:

开花植物：这很容易由它们色彩绚丽的花朵辨认出来。

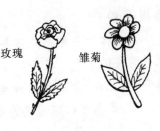

无花植物：比如苔藓、蕨类和马尾草。

玫瑰

雏菊

棕榈树

马尾草

蕨类

开花植物

和动物类似，开花的主要功能是繁殖和产生后代。同样的，也和动物类似，开花植物的花朵拥有雄性和雌性细胞，结合在一起就能产生一棵新的植株。花朵的雄性部分叫做雄蕊，每一支雄蕊都分为花粉囊和花丝两部分，花粉囊里生产花粉。花朵的雌性部分分为雌蕊、柱头和花柱三部分。子房里包含有雌性细胞。

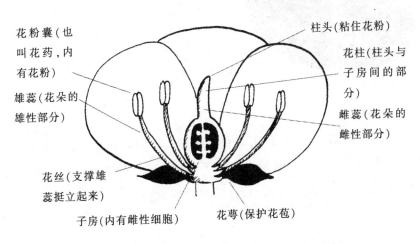

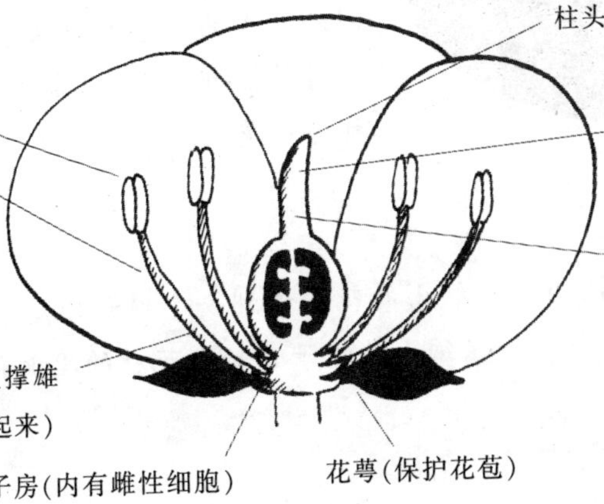

传授花粉

开花植物最重要的任务之一，便是传授花粉以产生繁殖后代所需要的种子。授粉是指，含有雄性细胞的花粉从花朵的雄性部分(花药)传播到同种类的另一朵花的雌性部分(花柱)上面。花粉虽然可以经由风力或水力，甚至是鸟类或蝙蝠来传播，但是大多数的授粉者都是昆虫。

开花植物各有不同的方法促使昆虫访问它们。有的花朵色彩绚丽，有的花朵香气怡人，但是，更多吸引昆虫的方式是用花蜜为食饵。当昆虫吸吮花蜜的时候，花粉便从花药上粘附到昆虫的身上。当它身上带着这些宝贵的花粉访问另一朵(合适的)花朵时，便帮助植物实现了授粉。哇塞！这个过程就叫做异花授粉。

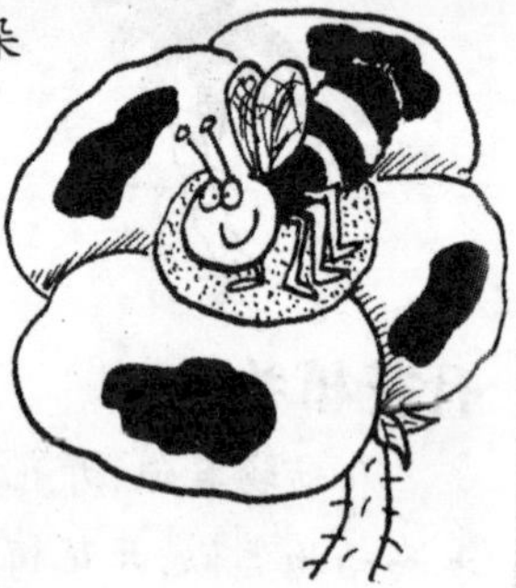

什么事情比被人当傻瓜捉弄更糟糕？
想要把蜜蜂也当成傻瓜捉弄。

自花授粉

不过，和以往一样，任何事物都有例外。有的植物的花朵既有雄性部分又有雌性部分，可以自己传授花粉，这称为自花授粉。

受精

最后，当一颗细小的花粉遇到一个做好准备、等候已久的柱头的时候，一根细小的管子开始在花柱的里面往下生长，直抵子房。

雄性细胞顺着管子往下滑，为的是要和雌性细胞相遇——一个新的生命又以种子的形态诞生了，这个过程被称作受精。

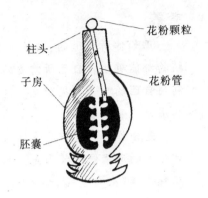

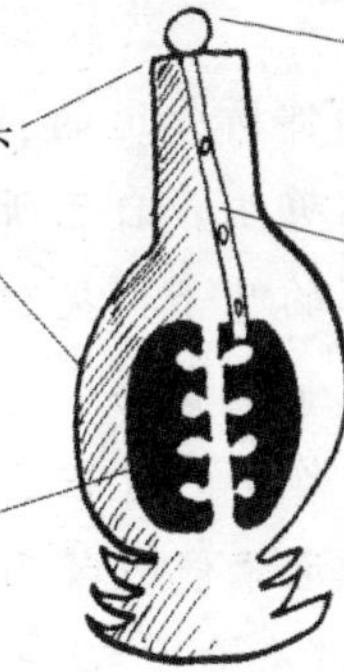

萌芽

种子里包含着一个新生命的开始。种子一旦诞生了，就需要在一个合适的环境里生根发芽。在一个有充足的空间、光线和水分的地方，种子就会吸收水分开始生长。种子开始生长的时候就是萌芽。

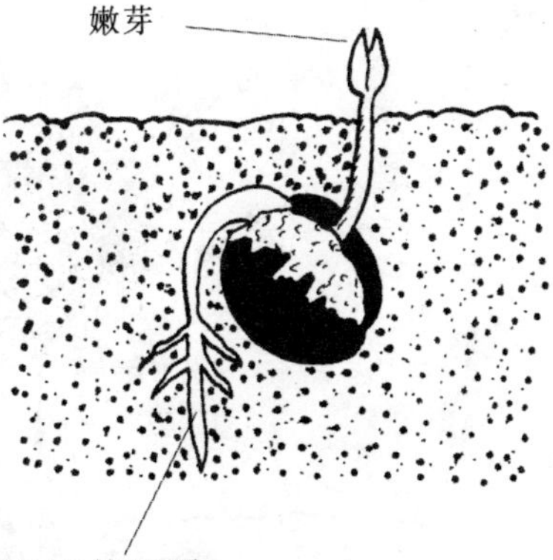

现在轮到说无花植物的繁殖了。别担心，这是一个简单得多的过程。

无花植物

无花植物不产生种子。它们中的大多数用孢子进行繁殖。孢子由风力、水力或动物带走，远离它的亲本植物。每个孢子都是由细胞组成的。在合适的条件下，它们会长成和它们的亲本一模一样的植物。

营养

正如你所知道的，植物不需要四处觅食，因为几乎所有的植物都能够生产自己所需要的食物。它们能做到这一点，全靠利用自己的叶子捕捉阳光。这个过程叫做光合作用，指的就是利用光能制造食物。

光合作用的过程是这样的：绿色植物的叶子中有一种名叫叶绿素的色素能吸收阳光，然后利用阳光赋予它们的能量，把二氧化碳（来自空气）和水（来自土壤）转换成一种叫做葡萄糖的食物。植物利用葡萄糖产生淀粉和纤维素，满足自身的生长需要。

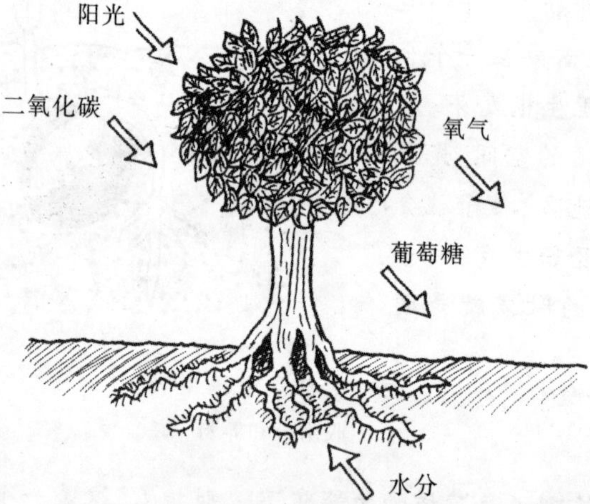

那么，一片树叶又是如何收集太阳的能量的呢？嗯，一片树叶里包含有成千上万个叫做叶绿体的微小组织。叶绿体就像一个个微型的太阳能控制器一样，能够吸收阳光并把它的能量贮存起来，直到需要的时候才取出来用。

在进行光合作用的过程中，植物会产生氧气。动物需要呼吸氧气来维持生命，所以，如果没有植物，我们的星球上也就不会有任何生物了。

散布(运动中的种子)

动物要出门觅食、避难或交配，植物也一样。或者，就这样说吧，要出去的并不是整株植物，而是它们的种子。事实上，对于植物的一粒种子来说，找到一个远离父母、有充分的阳光和食物的地方，让自己长成一株强壮的植物，那可是一件很重要的大事。这个过程就称为散布。

梧桐树的种子由风带走。

植物有一些聪明的方法确保自己的种子能够散布四方。有的植物发明了豆荚，把种子弹到空中去。有的种子被设计成翅膀的形状，好让微风把它带走。还有的种子适合漂流，它们沿着河流，甚至是在海洋里漂啊漂，直到抵达新的家园。

蒲公英的种子随风飘到新的土地上。

椰子在海洋中漂向遥远的彼岸。

动物吃了水果大餐之后，通过它们的排泄物散布种子。

动物在种子的散布过程中扮演了重要角色。有些植物的果实长有倒钩，可以挂在动物的皮毛上。动物就带着这个揩油的乘客奔跑好几千米，直到它掉落到地上。有些动物吃了许多各种各样的果子，然后再将植物的种子和它们的排泄物一起拉到地上。

小测验

为了保证你一直集中注意力，这儿有个小测验测试你的记忆力。

1. 蛇是

a) 哺乳类动物？

b) 节肢类动物？

c) 爬行类动物？

弗雷德：我可以用一只手举起一头大象。
鲍勃：我打赌你不行。
弗雷德：给我找只和手掌一样大的大象，我举给你看。

2. 青蛙是恒温动物还是冷血动物？

3. 背上长有一条脊柱的动物叫做什么动物？

4. 什么种类的动物会产卵？

5. 食草动物吃什么？

a) 植物

b) 香肠和薯泥

c) 昆虫

6. 食肉动物口腔的前排长有锋利的牙齿，这些牙齿的名称是什么？

a) 腺体

b) 犬牙

c) 软骨

7. 植物的两大种类是什么？

8. 大多数无花植物产生什么代替种子？

a) 枝条

b) 孢子

c) 菠萝

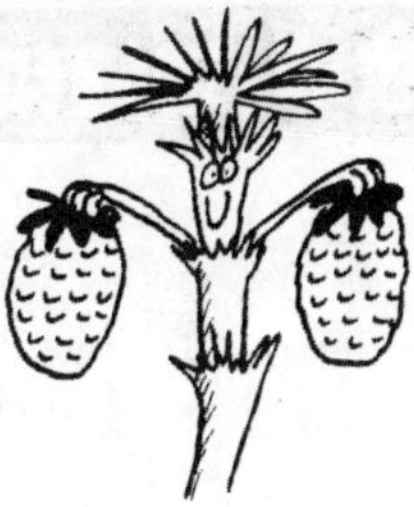

9. 花朵会制造出昆虫喜欢吃的哪样食物？

a) 蜜糖

b) 花蜜

c) 果酱三文治

10. 树叶里特有的色素叫什么名字？

a) 叶绿体

b) 叶绿素

c) 氯仿

11. 什么是捕食者？

12. 为什么有的动物要冬眠？

答案

1.c) 爬行动物 2.冷血动物 3.脊椎动物 4.鸟类、鱼类中的大多数、爬行类和昆虫类 5.a) 6.b) 7.开花植物和无花植物 8.b) 9.b) 10.b) 11.捕食者是以动物为食物的动物 12.因为天气变冷，食物不够吃

故事：汤姆和嚼嚼的夏天

“汤姆，我真不敢相信你居然会主动要求照顾嚼嚼整个夏天。你根本就不怎么喜欢小动物。”

说话的人是安娜，汤姆的孪生姐姐。

“我是喜欢小动物的，”汤姆回答道，“我只是不太了解它们。”

“正是！你对怎样照顾这只小兔子一无所知。”安娜一边说，一边把自己的手指伸进笼子的铁丝门去挠嚼嚼的头，“我想要告诉你的就是，别指望我来帮你的忙。”说完，安娜旋风般地冲出了厨房，只留下汤姆和嚼嚼独自相处。

汤姆坐在厨房的餐桌上，盯着笼子看。照顾笼子里的动物已经成为他一个人的任务了。不知怎么回事，他也不清楚自己该怎么表现。总之，当时他竭力要给他三年级的老师可莎小姐一个印象：他比其他任何人更想把那只叫做嚼嚼的英国垂耳兔带回到家中过暑假。

小知识

兔子是哺乳类动物。所有的哺乳类动物都是恒温的，而且它们的身体上大多长毛。

汤姆回想起自己举手回应可莎小姐的那一刻，叹了一口气。

“现在谁愿意照顾嚼嚼？”可莎小姐问，一道灿烂的微笑出现在她的脸上。汤姆和班上的其他10个同学一样，都被这微笑迷住了，立刻自愿举手。不过，汤姆以前从来没有被可莎小姐选中做任何事情，所以，汤姆很有把握，自己这次也不会被选中。

小知识

兔子是食草动物，也就是说，它们只吃蔬菜、草。

“汤姆，你愿意把这只小可爱带回家吗？”可莎小姐问他。

汤姆干脆地点头。事实上，汤姆一直在点头，直到他的朋友弗雷迪·福斯特用手肘提醒他可以停下来了为止。汤姆被可莎小姐终于意识到了他的存在这个事实惊呆了。于是，嚼嚼在接下来的6个星期内都归他照料了。

汤姆又叹了一口气，把脸靠近笼子中这个毛茸茸的小东西。“我猜你想吃点什么，”他说，“好吧，来块匹萨怎么样？”

第二天早上，汤姆突然被他爸爸在后花园的草坪里推动老式割草机的轰隆隆的声音吵醒。

小知识

兔子和人一样，需要健康、营养均衡的饮食。良好的营养会给予它们能量，帮助它们成长并保持健康。

“噢，老天，”汤姆从床上坐起来，一边揉揉眼睛一边想，“老爸又在干傻事了。”为了确认爸爸是不是需要帮手，汤姆站在床边，从卧室的窗户往外瞅。不出所料，外面灰蒙蒙的，天色还早，非常地早。但是，不知道是什么缘故，汤姆的爸爸好像认为这是修剪草坪的最佳时间。他们隔壁的邻居本森先生有一点点耳背，所以他也从来没有抱怨过这种古怪的行为。

汤姆背靠在枕头上。当他开始筹划眼前长达6个星期的绝对自由的时候，他的脸上闪过一丝微笑。“再也没有作业、拼写测试或者是期末考试了，”汤姆想道，“事实上，我没有一件事需要操心。”

当妈妈的声音飘进他的卧室时，汤姆仍然在心中列举整个暑假他所有用不着做的事情。

“汤姆，你最好来一下。我想你的兔子肚子饿坏了。”妈妈在楼底下喊。

“兔子？我可没有兔子。”汤姆大声回答。

“好吧，如果这不是只兔子，我倒想知道它是什么。”妈妈说道。这下汤姆才开始明白了。“嚼嚼！”汤姆轻轻地对自己说。

汤姆不情愿地下了床，拖拖沓沓地走下楼梯。和往常一样妈妈正在厨房里，变戏法般地处理一堆家务琐事。汤姆惊讶地看着她用一只手又打电话又端着杯咖啡，另一只手还抱着一堆要洗的脏衣服。在炉头上，爸爸的火腿和鸡蛋看起来早就煎熟了，汤姆最后还闻到了快要烤焦的面包的气味。

汤姆慢慢地穿过厨房来到嚼嚼的笼子前，注视着这个毛茸茸的朋友。嚼嚼也注视着他，偶尔皱皱鼻子。

小知识

棕色的野兔比白兔或黑兔有更大的生存机会，那是因为它们的体色能帮助它们轻易地融入周围的环境之中。

小知识

兔子的适应能力很强。欧洲的兔子引进到澳大利亚和南美洲后，都非常适应当地的新环境。

“妈妈跟我说你的肚子饿了。我可以给你弄些炒鸡蛋。”汤姆说着，露齿一笑。

“鸡蛋！兔子不吃鸡蛋，木鱼脑袋。”安娜哈哈大笑道。

汤姆发现姐姐正坐在餐桌前，一手拿着一碗麦片，另一只手在一张纸条上草草地写着什么。

“我知道！我不过是开了个玩笑罢了。”汤姆回答。说话的时候，他发现那块匹萨还躺在笼子的一角没被动过。“嗯，”汤姆思忖着，“我们必须得弄点你真正喜欢吃的东西才行。”

“瞧，这张单子上开列的是嚼嚼喜欢吃的食物，”安娜说着，嘴里塞满了可可泡芙，“你的零花钱应该正好够用。”

“零花钱？我可不准备付钱……”汤姆正要开口说。

“噢，不！你要付钱！”爸爸一边说，一边在餐桌前自己的位置上坐下。

汤姆拿起那张安娜用整洁的字迹书写的纸条，读道：

兔子的食物

好吧，傻瓜，以下是你需要知道的：

- 兔子一天需要喂两餐。一餐应该有蔬菜，另一餐应该有谷物，可以是燕麦、糠麸或它自己的粪便。它也爱吃全麦面包。
- 它最喜欢吃的蔬菜是胡萝卜、芹菜、菠菜、卷心菜和生菜。
- 它每星期可以吃一个苹果或是梨。
- 最后，每天别忘了把它的水瓶灌满。

汤姆读完了以后，妈妈把这张纸条从他手里抽出来，折叠几下放进她自己的钱包里。

"你等一会儿可以和我一起去超市，"她说，"然后我们一起去宠物店。"

汤姆无话可说地看着妈妈走进后花园的花房，她的手里拿着一把切面包的餐刀，准备拿来修剪玫瑰花。

"我家里的人全是疯子。"汤姆一边这样想着，一边上楼走进浴室准备淋一个澡。离开厨房的时候，他注意到安娜仍然在沙沙沙地写着什么。

洗完一个热水澡，精神又回来了。汤姆用一块浴巾裹住自己走向卧室。让他惊奇的是，门上贴着一张纸条，显然是由那位爸爸妈妈坚称是他姐姐的人写的。汤姆穿上衣服，坐在床上开始读纸条。

保持兔子的舒适、安全和健康

为了救嚼嚼一命，我决定给你一些更有用的提示。但是不要忘了，讨厌鬼，你欠我一个大人情呢！

- 确保兔子睡觉的地方有一大堆新鲜的干草。
- 放一些木屑在笼子的板上。
- 在笼子里搁一根烧焦的圆木，给兔子磨牙。
- 每天要为兔子梳毛。
- 兔笼可以放到室外，但不要把它平放到地上，不然会把它弄潮的。
- 也不要把兔笼放到阳光底下，兔子不喜欢太热。如果天气变得太冷，也要把兔笼移到室内。

汤姆把纸条放到床边的桌子上，想弄明白他姐姐为什么会知道那么多关于兔子的事情。不管怎样，他俩以前从未养过一只宠物。通常情况下，汤姆的第一直觉就是不去理会安娜的建议，特别是当她总有那么多建议的时候。但这一次，汤姆宁愿相信安娜所说的都是真的。

“好吧，尽管大家都认为我得花一整天的时间来照顾嚼嚼，但我首先自己得吃早餐了，我快饿死了。”

差不多三个小时之后，汤姆提着一堆几乎把他累倒的大袋小袋，摇摇晃晃地从屋子的前门走进厨房。刚刚从一场令人筋疲力尽的购物活动和他母亲几近危险的驾驶行为中幸存下来，汤姆真为自己能够平安回家感到宽慰。

小知识

兔子强壮、锋利的牙齿不停地在长。它们靠啃植物和树根来磨短牙齿。

“啊，汽车没油了，后面的保险杠也凹进去了一些。”妈妈一边说一边走进厨房，因为没有人答话她又喊了一声，“哎，安娜，有人在家吗？”

汤姆没有在意回家的时候没人迎接，他立即打开嚼嚼的食物和垫子，然后，他选择了好几种新鲜的蔬菜准备作为嚼嚼的午餐。

“开饭啰。”汤姆边说边走向笼子。

但是，笼子不在那儿，笼子不见了。汤姆向四周紧张地张望。

“妈妈，嚼嚼……”汤姆只说了一半就打住了。透过厨房的窗户，他突然看到安娜和爸爸正在爬越本森先生家的篱笆，而兔笼则放在草坪的中间——铁丝门大大地敞开着，嚼嚼已经不知道跑哪儿去了。

汤姆冲进花园。“怎么回事？”他大声地质问爸爸和安娜，他们正在本森先生家的小菜园里进行地毯式搜查。

“我们正在找嚼嚼。”爸爸同样大声地回答。

“啊？它跑到哪儿去了？”汤姆问。

“哎，安娜认为它穿过篱笆钻到本森先生家的花园里去了。看到这些蔬菜，我得承认她这样想是对的。”汤姆的爸爸在一株番茄底下说。

“但是，嚼嚼是怎么会从笼子里跑出来的呢？”汤姆又问。

“嗯，安娜把嚼嚼放出来玩。刚开始，它还只是在草坪上高兴地蹦蹦跳跳。但一眨眼工夫，它就不见了。”爸爸回答。

怪不得！直到现在为止，呆在一旁的安娜安静得出奇。

汤姆心想，看来，姐姐也并不完全知道该如何照看好一只兔子。汤姆很想向安娜指出这一点，但现在，他能做的只是加入搜索嚼嚼的行列。

最后，还是本森先生发现嚼嚼躲在一个用山楂树做的篱笆底下。为了不让这些有点疯狂的邻居搅乱他那一小块菜田，本森先生也加入了搜索。

小知识

蔬菜，和所有的植物一样，通过它们的根部从土壤中吸收矿物质。矿物质能帮助植物生长。缺少矿物质，植物就会变得弱小而又无精打采。

当本森先生把嚼嚼交还给汤姆的时候，汤姆为嚼嚼造成的破坏——4棵生菜和2棵卷心菜——道歉。本森先生说，没关系，嚼嚼显然是觉得肚子有点饿了。

回到自己的院子里以后，汤姆把这只被营救回来的兔子放回到笼子里，给它喂了点新鲜的胡萝卜。给了嚼嚼一顿严厉的责备以后，汤姆把笼子移到花园角落里一块凸起的、阴凉的地方。嚼嚼拼命地皱了皱鼻子，然后安定下来睡午觉。

总算一切都平静下来了。在安娜帮妈妈准备晚上吃的墨西哥大餐的时候，汤姆上楼去了。半个小时以后，汤姆又重新出现在楼下。“有谁知道照顾一只兔子是一件那么辛苦的活儿？”汤姆一边说，一边坐下来看电视。

过了一会儿，当安娜回到她的卧室时发现门上贴了一张纸条儿。上面写着：

> 可能是所有规则中最重要的一条……
>
> 如果你想让你的兔子在后花园里玩耍，一定要确保所有的围墙和篱笆都安全牢靠。如果任何地方有一条缝，你的兔子就可能会试图逃跑。

3个星期过去了，嚼嚼表现得就像一个最受欢迎的客人。它的确是一只来做客的兔子。汤姆每天为这个毛茸茸的朋友喂水、喂食，带它做运动。事实上，他越来越喜欢这个爱皱鼻子的小家伙了。

一个阳光明媚的星期六早上，汤姆刚刚清洁完嚼嚼的笼子，就听到一个熟悉的声音。

“嗨，汤姆，让我看看小兔兔好吗？”

说话的是汤姆三岁的小表弟亚历克斯。亚历克斯在汤姆正忙着照顾嚼嚼的时候来了。他和他的爸爸妈妈准备在这里度周末。

“嗨，亚历克斯。嚼嚼现在正呆在它的笼子里。如果你喜欢，可以瞅它一眼。我等一会儿会把它放到花园里玩耍。那时你就真的能够好好看看它了，好吗？”

“好的。”亚历克斯答道。他一屁股坐到了地上，凑近笼子，他的鼻子都快顶着兔笼子了。

“他能够开口说话吗，汤姆？他能够说……嗯，他能够说……巧克力糖吗？”

“不行啦，亚力克斯，兔子不能够像人那样开口说话。但是，它们有它们自己的交流方式。所有的动物都是这样子的。”

“噢！那它能够踢足球吗？”亚历克斯决定继续找出自己认为兔子能做的那些有趣的事。

小知识

当兔子遇到同伴的时候，它们会互相嗅嗅对方。

“噢不，它不能够踢足球，”汤姆一边说一边尽量忍住笑，“兔子喜欢玩蹦蹦跳跳的游戏。先不管这个，你在这个周末就会知道有关兔子的一切了，因为你要和我一起照顾嚼嚼。现在，我们先去找你的爸爸和妈妈吧。”

过了一会儿，亚历克斯帮助汤姆给嚼嚼喂食，带它运动。他还抱了嚼嚼。趁汤姆不注意的时候，他还亲了嚼嚼的鼻子两次。亚历克斯看起来很乐意做汤姆照顾兔子的帮手。那天晚上他选择了《彼得兔的童话》和《小兔兔本杰明》作为他睡觉前必听的故事。

“我喜欢彼得兔吃掉麦奎格先生的萝卜那一段，”亚历克斯喃喃道，他的眼睛渐渐睁不开了，“嚼嚼也喜欢萝卜！”说完，亚力克斯进入了梦乡。

汤姆刚一确认亚历克斯已经在他旁边的床上完全睡着了，就立刻瘫倒在自己的床上。他得出一个结论：照顾一只兔子和照顾一个小孩一样，都是件非常非常辛苦的活儿！

汤姆被他母亲和简姨妈——也就是亚历克斯的妈妈——两人在厨房里的玩笑戏谑声吵醒。新鲜咖啡和烤面包的香味让汤姆备感饥肠辘辘。汤姆猛地从床上跳下，穿上短裤和T恤衫。他朝亚历克斯的床上望过去，亚历克斯已经不见了。

"他准是先下楼去了。"汤姆想。

"早上好。"汤姆一边说一边走进厨房。人都到齐了，妈妈、爸爸、姐姐，姨妈和姨父。除了亚历克斯，每个人都在。

"早上好，汤姆。"有人回应道。

汤姆在早餐桌前坐下，倒了一些麦片。

"亚历克斯在哪儿？"汤姆一边问一边把牛奶加到麦片里。

"什么？亚历克斯在哪儿？"简姨妈的回答听起来很焦急，"我以为他仍然在楼上你的卧房里睡觉呢。"

汤姆看了看他姨妈焦急的脸色："噢，不用担心，姨妈。我敢打赌，他一定在外面的花园里和嚼嚼在一起。"

小知识

种在花园里的种子需要温暖的阳光、空气和水分才能发芽。

所有人都跑到外面去看。但是，亚历克斯不在那儿——连嚼嚼也不见了！

“噢，我的上帝，他们去哪儿了？”亚力克斯的妈妈尖叫道。

“别担心，”汤姆的妈妈说，“他们不可能走远。”

那天一大早，亚历克斯就激动得睡不着了，他的脑子里全是和兔子有关的童话和历险记。趁着所有的人都在沉睡的时候，他下决心把嚼嚼带到汤姆爸爸的小菜园里去。亚历克斯深信，在那里能找到许多好东西给嚼嚼吃。于是，亚历克斯穿着睡衣，用汤姆的校服领带绑住嚼嚼，然后就带着这只兴高采烈的兔子沿着寂静的、绿树成行的街道往前走。一到小菜园里，他就让嚼嚼自由地漫步。

这块小菜园培育得非常精心。各种蔬菜，像土豆、生菜、番茄、甜菜、豌豆和小葱什么的，这儿应有尽有。新鲜的香草，如迷迭香和薄荷，同许许多多的野花一起装饰着小菜园的四周。这块小菜园还是各种各样野生动物的天堂，画眉鸟、知更鸟、黑鸫正找寻着美味的昆虫作食物，而昆虫们正把蔬菜作为自己的早餐。

小知识

小菜园是食物链的一个好例子。那里的蔬菜是鼻涕虫和蜗牛的美餐，而鼻涕虫和蜗牛又成了鸟类的食物。

在园丁小屋的地板下，一只狐狸在里面安了家。还有，在篱笆墙的底下，一窝刺猬度过了一个忙碌地捕食臭虫和蜗牛的夜晚后正在睡觉。

有一阵子，嚼嚼很满足于在小菜园里跳来跳去，啃啃这棵植物，尝尝那棵蔬菜。亚历克斯也很得意地看着它。但是，渐渐地他俩都厌倦了这项活动。于是，当亚历克斯自说自话地挖开小菜园篱笆的一角往外看的时候，嚼嚼趁机不知跑到哪儿去寻找新大陆了。

小知识

狐狸是捕食者。它们猎食小动物，而且还特别喜欢吃兔子呢！

将近一个小时过去了，但亚历克斯没有在意（反正他也没有时间概念）。突然，他听到他的妈妈在喊他。

“亚历克斯，亚历克斯，你在哪儿啊？”一听到妈妈的声音，亚历克斯就跑向小菜园的大门。

“我在这里，妈咪！”他大声地说。亚历克斯的妈妈跑过来抱起他，把他搂得紧紧的。一阵相当令人感动的无言时刻过后，她用严厉的语气说道：“亚历克斯，你再也不准做这种事情了。你再也不能离开爸爸妈妈独自跑出来。”

“嚼嚼和我一起来的。”亚历克斯答道。

“嚼嚼只不过是一只兔子罢了，亲爱的。现在我们回家，所有的人都在担心你呢。”

汤姆终于找到了嚼嚼，在小菜园附近的一栋房子的花园里。嚼嚼自己跑到那儿去的，因为它闻到那儿有其他兔子。它没有弄错，住在那栋房子里的小孩养了两只宠物兔，嚼嚼和它们一起在花园里追逐嬉戏。

小知识

兔子会生下小兔子。兔妈妈的乳腺会分泌乳汁来喂养它的兔宝宝。

“你应该更小心点儿，”那些孩子的母亲跟汤姆说，“不管它们喜欢哪儿，都不应该将兔子放出来乱跑。如果你的兔子有了兔宝宝可不要怪我哟！”

“兔宝宝，”汤姆大吃一惊，“嚼嚼是个男孩，它不可能有小宝宝。”

“噢，它当然不是男孩，它当然可以有兔宝宝。”那位女士回答道。

5 分钟后，紧张的汤姆把嚼嚼放回到它的笼子里。“如果你的兔子有了兔宝宝可不要怪我哟”这句话一直在他的耳边回荡。他在花园里找了一个阴凉的角落，想着自己快要当上叔叔的可能性。

“噢，男孩，或者是个女孩？”汤姆想，“我这次该怎么向大伙儿解释呢？”

查尔斯·达尔文(1809~1882)是个非常聪明的人。他发现,动物和植物虽然表面上看起来每年长得都一样,可是事实上它们却在不停地变化,我们人类也不例外。这就叫做进化。生物的每一代都和上一代有一些细微的差别。

但是,达尔文是如何发现这一点的呢?嗯,他的许多想法是在他登上一艘名叫小猎犬号的船周游世界的时候形成的,期间他到过不少国家,研究各地的动物和植物。

达尔文发现,对于很多生物而言,每天都必须为生存而斗争。它们必须要寻找食物,躲避天敌。他研究得越深入就越意识到,那些最能适应环境的生物拥有最大的生存机会。"但是,这意味着什么呢?"他思索着。

达尔文得出的结论是，动物和植物都拥有改变或适应的能力，以顺应环境，达到生存的目的。这就是动物和植物为什么种类如此繁多的原因，也是它们中的某些种类为什么能够在最艰难的条件下生存的原因。

这同时也解释了为什么有的动物和植物拥有令人惊讶的保护自己或是躲避潜在的捕食者的本领。

达尔文在1859年出版的一本名叫《物种起源》的书中发表了他的理论。在那个时候，很多人都不同意他的观点，认为他是个疯子。但是，达尔文的进化论如今已被全世界广泛接受了，成为了历史上最伟大的发现之一。

自然实验

亲爱的读者：

你被生物包围着，认识它们是件很有趣的事。预先设计好你的实验，想想你需要什么？在笔记本上记录下结果，如果结果不那么符合你的期待，不要害怕，从头再做一遍实验。以下的简单实验是为你进入自然科学之门而设计的，请你仔细地观察这个世界吧！

你多大了？

通过测量树干的周长，你可以推断出这棵树的年龄。大多数的树木一年大概长粗 2.5 厘米。如果将周长除以这个常量，你就能推断出这棵树的年龄。

测量一棵树的周长要在距离地面 150 厘米的地方，然后把周长除以 2.5 厘米。用这种方法测量几棵树，然后把你的发现记录下来。

谁在我家的花园里玩？

你可能没有意识到，各种各样的动物可能拜访过甚至居住在你家的花园里，或者是当地的公园里。它们经常在来到之后留下一些痕迹。这里是一些需要留意的线索。

1. 松鼠在它们用完餐以后从来不打扫卫生。相反地，它们会把吃过的坚果和松果撒得到处都是。它们也啃树皮。

2. 寻找动物的爪痕、毛皮屑、羽毛和排泄物。这些线索能够帮助你确认这些东西是哪种动物留下来的。

3. 留心听，你会听到鸟儿正在试图吸引异性，或者是在警告其他的鸟儿，你家的花园或公园是属于它们的领土！尝试观察它们筑巢的地点，但不要惊动它们。

4. 如果你的垃圾箱被翻过了，垃圾撒得满地都是，那么，狐狸可能在晚上拜访过你家的花园了。

水分流失

植物从土壤里吸收水分。任何它们不需要的水分都通过叶子上的小孔蒸发出去。试试这个简单的实验，你就能够亲眼看见。

给一小盆植物浇水。拿一个干净的塑料袋罩住植物，围绕茎部扎紧袋口。把植物放在有阳光的地方。大约 2 小时后，塑料袋的内部就会布满细小的水珠。

大惊小怪

大和小

大象是陆地上体形最大的哺乳动物。它可以重达6吨，高达3.5米。但是地球上体形最大的动物是蓝鲸。一头蓝鲸的体重可以达到80吨,体长可以达到33米。

世界上体形最小的哺乳动物是袖珍矮地鼠,它仅有6厘米高。

快和慢

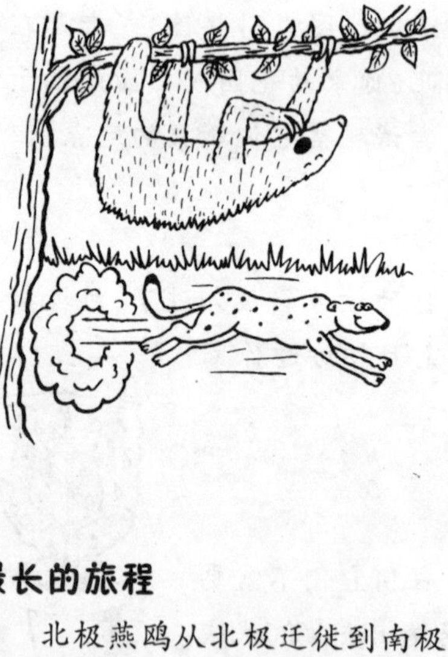

世界上跑得最慢的陆地动物是树懒。即便它全力以赴，速度也决不会超过1千米/小时。

世界上跑得最快的陆地动物是猎豹。它行动起来的速度可以快至110千米/小时。

最长的旅程

北极燕鸥从北极迁徙到南极，然后又飞回来。一年内它们飞行的里程大于4万千米。

健美的昆虫

毛毛虫身上肌肉的数目是我们的 6 倍，它们的身体上有 3000 多块肌肉。

重量级

南美蟒蛇是世界上最重的蛇。它重达 200 千克。

最毒的生物

来自哥斯达黎加的毒箭蛙是世界上最毒的生物。它皮肤里的毒液非常强，只需一滴就可以致一头大型动物于死地。

微型鱼

世界上最小的鱼是侏儒刺鰕虎鱼，它只有 15 毫米长。

丰富的昆虫

你知道吗？昆虫比世界上其他任何一类动物都要多。

食肉植物

如果一只昆虫停到了一株捕蝇草上面，捕蝇草的叶子会猛地一下子合上，把昆虫困在里面。这棵植物要花上2个星期的时间来消化这顿昆虫大餐。

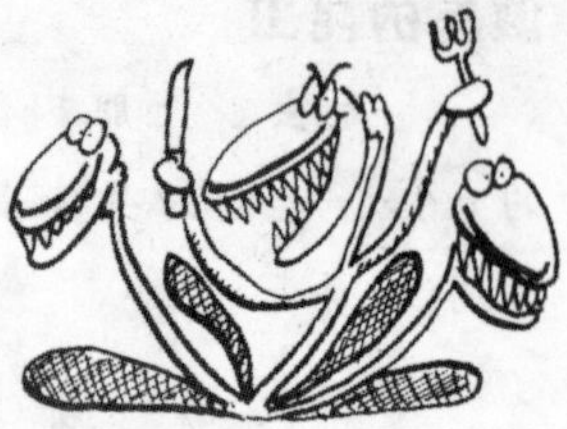

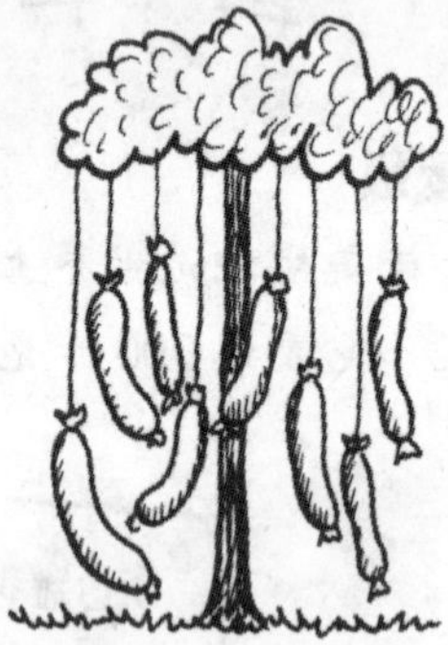

早餐果实

在非洲，有一种树被称作香肠树：因为这种树上结的果实看起来就像是一根根的香肠。这种"香肠果"可以长到76厘米长。

神奇植物

你知道橡胶、巧克力、口香糖、棉花、茶叶、软木塞和香水都是从哪儿来的吗？它们都来自于分散在世界各地不同地方的不同植物。

快长高!

竹子是所有植物中长得最快的。它一天可以长高1米。

小心碰头

世界上最大的种子是塞舌尔群岛上海椰树所结的海椰子。每一个海椰子至少重 24 千克。

注意了!

想不到吧，大约有 500 种不同种类的植物是以动物为食的呢!

庞然大物!

地球上最高的生物是一种名叫巨杉的树。其中最高的一棵生长在美国的加利福尼亚，人们给它起名为谢尔曼将军。它有 84 米高，树干周长 31 米。它有 700 头成熟的大象加在一起那么重。它已经 2000 多岁了。

哇，臭死了!

大王花是世界上最大而且最臭的花朵。它生长在亚洲的热带雨林中。花朵的直径有 90 厘米，布满瘤子，散发出腐肉臭味。

词汇表

二氧化碳 (CARBON DIOXIDE) 空气中的一种气体。

食肉动物(CARNIVORE) 以其他动物为食的动物。

细胞(CELLS) 生物的最小组成单位。有的生物只由一个细胞构成,但大多数动物和植物体内都有成千上万个细胞。

纤维素(CELLULOSE) 植物在光合作用过程中产生的一种物质。纤维素是植物生长过程中所必需的。

叶绿素(CHLDROPHYLL) 使植物呈现绿色的物质。它能吸收阳光,植物再利用阳光、二氧化碳和水生产养分。

环境(ENVIRONMENT) 植物或动物周围的事物。

进化(EVOLUTION) 长期以来,植物和动物身上产生的变化,使它们能够适应不断改变的环境。

灭绝(EXTINCT) 某些物种再也不存在了,再也不存活了。

葡萄糖(GLUCOSE) 一种由植物制造的单糖。

食草动物(HERBIVORE) 仅以植物为食的动物。

冬眠 (HIBERNATION) 很多动物,比如蝙蝠和刺猬,过冬时进行的长时间的睡眠。

无脊椎动物 (INVERTEBRATE) 背部没有脊柱的动物。

肺(LUNGS) 动物的一种器官,用来呼吸。

有袋动物(MARSUPIAL) 在育儿袋里哺育幼儿的动物。袋鼠是有袋动物。

交配(MATE) 同一物种的动物结合在一起繁殖孕育下一代的过程。

迁徙(MIGRATION) 动物们每年从一个地方到另一个地方的运动。

花蜜(NECTAR) 花朵产生的一种糖浆。

养分 (NUTRIENTS) 土壤里帮助植物生长的化合物。

杂食动物(OMNIVORE) 既吃植物又吃动物的动物。

氧气(OXYGEN) 空气中的一种气体。植物和动物需要呼吸氧气以维持生命。

光合作用 (PHOTOSYNTHESIS) 植物利用二氧化碳、水和阳光生产食物,这种方式被称为光合作用。

花粉(POLLEN) 花朵的雄性部分里的细微颗粒。这种颗粒必须到达花朵的雌性部分,才能产生新的种子。

传授花粉(POLLINATION) 指的是花粉从花朵的雄性部分传播到花朵的雌性部分这一过程。

繁殖(REPRODUCTION) 植物或动物产生和它们相像的后代的过程。一个物种如果不繁殖就会灭绝。

感觉(SENSES) 动物感知环境的方法。感觉包括视觉、听觉、触觉、嗅觉和味觉。

物种(SPECIES) 某一特定种类的动物或植物。

孢子(SPORES) 一种单细胞,它会分裂成雌性细胞和雄性细胞,两者再结合生成新的植物。

淀粉(STARCH) 一种类似纤维素的物质,由植物在光合作用过程中产生。许多食物,比如面包、意大利面制品和土豆中都含有淀粉。

脊椎动物(VERTEBRATE) 背部长有脊柱的动物。

图书在版编目(CIP)数据

古怪世界　奇趣自然/ (英)麦克康米克著;贺白丹译.—上海:上海科技教育出版社,2006.8
(科学流星花)
ISBN 7-5428-4024-X

Ⅰ.古…　Ⅱ.①麦…②贺…　Ⅲ.①生物学—儿童读物②地理学—儿童读物　Ⅳ.①Q-49②K90-49

中国版本图书馆CIP数据核字(2006)第032373号

科学流星花系列
古怪世界·奇趣自然
[英]罗西·麦克康米克　著
贺白丹　译

责任编辑:龚　擎
装帧设计:杨颖皓

出版发行:上海世纪出版股份有限公司
上海科技教育出版社
(上海市冠生园路393号　邮政编码200235)
网　址:www.ewen.cc
www.sste.com
经　销:各地新华书店
印　刷:常熟高专印刷有限公司
开　本:850×1168　1/32
字　数:70 000
印　张:3
版　次:2006年8月第1版
印　次:2006年8月第1次印刷
印　数:1-5000
书　号:ISBN 7-5428-4024-X/N·686
定　价:6.50元